おやじ丼

群 ようこ

幻冬舎文庫

おやじ丼

おやじ丼　目次

断れない人

ヤスミが総勢二十人ほどの編集プロダクションに勤めて二年になる。この職場に就職した当初は、

「なんて汚くて暗いんだろう」

と毎日、がっかりしながら過ごしていた。社員のほとんどが四十代、五十代のおやじで、どういうわけだかみな年齢よりも老けて見えた。女性社員も二、三人いたが、華やかさには欠けていて、すでに男性と同化していた。グレーのビルの中でグレーの保護色の人々が働いているといった具合だ。社内のおやじたちは、老けているだけで特別に問題はなく、意地悪であるとか図々しいといった問題おやじもおらず、日々、穏便に過ぎていった。みんなまじめに黙々と働いている。忘年会でも新年会でもはめをはずすということがない。セクハラなんかもちろんない。それを恐れてか、おやじたちは女性社員には、丁寧な言葉を遣っていたくらいだった。ぬるま湯のような職場だったが、逆に居やすい環境でもあった。

ヤスミの直属の上司のオカダミノルは、四十八歳の前頭部が薄くなった男性で、黙々と仕事をするタイプだ。体格は中肉中背でいつも同じ紺のスーツに地味なネクタイを締めている。きっと家に帰ったらパジャマかジャージで過ごしているに違いない人だった。ある会社の社

内報を彼と二人で担当することになったヤスミは、入社早々、挨拶をしに彼と一緒に会社に出向くことになった。彼は口が重いタイプで、電車の中でも口数が少ない。ヤスミは沈黙に耐えられず、あれこれ雑談をしたあと、

「お子さんは何人いらっしゃるんですか？」

と聞いた。すると彼は顔を赤らめて、

「五人……」

とつぶやいた。

「五人？」

返事を聞いたヤスミは、想像を超える人数にびっくり仰天した。

「いちばん上が中学生でね、下は一歳」

「へえ、奥さん、大変でしたね」

思わずいってしまった。

「うん、そうなんだ」

彼は素直にうなずいた。

「働こうにもすぐお腹《なか》が大きくなっちゃってねえ。もう生活も大変なんだよ」

ふだんの彼の姿を見て、それは大いにうなずけた。お父さんの働きは五人の子供にすべて

吸い取られていたのである。

「子供が好きなんですか」

そう聞いたあと、ヤスミはしまったと後悔した。たしかに五人を育てるということは、嫌いだったらできないことだが、いくら好きだとはいっても、その前に打つ手段はいくらでもある。「あなたはその手段をとらなかったのね」といっているふうにとられるのではないかと心配したのだ。案の定、彼はポケットからハンカチを出して、額の汗を拭きながら、

「いや、まあ、嫌いじゃないけどねえ。どういうわけだか、できちゃったんだよ」

とすまなそうにいった。ヤスミはなんとかこの場を収めようと、

「今は大変ですけど、大きくなったらお父さんたちを助けてくれるんじゃないですか」

と明るくいってみた。すると彼は、

「そうかなあ。全然、期待なんかしてないよ。しょせん、おれの子だから」

と、淡々といった。ヤスミはまた、

「ああ、そうですか」

というしかなく、それでこの話は終わった。

相手先の会社でも、彼は、

「子沢山のオカダさん」

として有名だった。そういわれると彼は、

「いや、どうも」

といいながら、額の汗を拭いた。その会社はヤスミの会社の何十倍も大きな会社だったが、そこの広報部長に、

「いやあ、私なんぞ、女房に五人も子供を産ませる度量なんかありませんよ。オカダさんは太っ腹ですなあ」

と大声でいわれ、彼は真っ赤になって縮こまっていた。ヤスミは隣の席に座りながら、仕事などはそっちのけで、

(子供五人を大学まで卒業させたら、いったいいくらぐらいかかるんだろう)

と計算をした。ずっと私立に通った場合、一人二、三千万くらいはかかると聞いたことがある。五人いると一億五千万。ヤスミの会社はお金持ちの企業や医学関係の仕事をしていたので、同業者に比べて給料はよいほうだとは思うが、生涯賃金の半分は確実に子供に吸い取られているはずだ。それから家のローンを払い、生活をしている。

(よく生活できるなあ)

ほとんど暴挙とも思える、彼の行動にあらためて驚きつつ感心した。

顔合わせは雑談だけで終わったので、ヤスミがあれこれオカダ宅の財布の中身を想像して

いても、問題はなかった。会社を出ようとすると、部長が、

「あ、そうだ、あれがあっただろう」

と秘書の女性に包みを持ってこさせた。

「いただきもので申し訳ないけど、よかったらお子さんたちに」

といった。包装紙はクッキーで有名な菓子店のものだった。

「いつもおそれいります」

素直に彼はそれを手にして頭を下げた。

「本当に大変だよなあ。五人だもんな、五人」

そういわれてまた彼は、真っ赤になった。相手先の会社の人々にも、彼は好かれているようだった。自分の上司が他社の人々に信頼されているというのは、うれしいことである。ヤスミはなんとか仕事が続けられるような気がしていた。

そのまま会社に勤め続けて二年がたった。ヤスミが入社してから、不況続きで新入社員はいなかったが、半年前、新卒の女性の入社が決まった。これが巻き髪、厚化粧に、体にぴったりしたスーツを着たホステスさんみたいなタイプで、おやじたちはそのいでたちにびっくり仰天した。おびえた小動物のようになっていたが、彼女のほうが、

「こんなださくて暗い会社はいや」

といって、二か月でやめてしまった。彼女がやめてから、また元の雰囲気に戻り、おやじたちはほっとひと安心したようだった。ヤスミとしては、ああいう刺激的な人間が入社するのもいいなと思っていたのだが、おやじたちはそれをとてもいやがっていた。

二年たつと、いつも上司にくっついているわけではなく、仕事もそれなりにまかせてもらえるようになった。オカダと一緒に挨拶をしに行った大手の社内報と、それよりもずっと小さな会社の社内報二冊を、ヤスミは受け持っていた。すべてを彼女がやるわけではなく、ある一部のページを受け持って編集するのである。

「どんな具合？」

と彼はときおりチェックをして、アドバイスをしてくれた。困ったときに彼女が相談したりということはあったが、ほとんど仕事はまかせられていた。それがヤスミにはうれしかった。

ある日、オカダ氏が一人で関西に出張をした。それほど仕事も忙しくなく、夜六時半になって、そろそろ帰ろうかと思っていると、同じように会社にいた三人のおやじたちが、

「たまには一緒にどうですか？」

と誘ってくれた。ふだんはそれぞれが自分の仕事をしているので、会社の人々との交流というのはほとんどない。相手はおやじだったが、ヤスミもたまにはいいかと思って、つき合

うことにした。

連れていかれたのが、近所の小料理屋だった。おやじたちは、

「あそこ、空いてる?」

といいながら、ずんずんと奥の座敷に入っていった。

ビールを飲み、魚の煮たの、焼いたの、煮物、刺身などを食べていると、おやじたちはヤスミに、

「仕事はどうかね」

と聞いてきた。

「ふあい、なんとかやっています」

芋煮を口に入れながら、彼女は答えた。

「ああそう。まあ、オカダは仕事に関してはまじめだからなあ」

一人がそういうと、あとの二人は意味ありげに、

「ふっふっふ」

とふくみ笑いをした。

「仕事に関してはって、それ以外はまじめじゃないんですか」

ヤスミがたずねると、彼らは、

「ふっふっふ」

と斜め上を見ながら、煙草を吸った。

「知らないの？」

しばらく黙っていたおやじのうちの一人がいった。

「何をですか？」

ヤスミはわけがわからなかった。

「いっちゃってもいいのかなあ」

なかでいちばん若いおやじが、明るくいった。

「いいさ、いっちゃえ、いっちゃえ。いずれわかることさ」

ヤスミはわけがわからずに、彼らの顔を見ていた。

「あの人、愛人が四人もいるんだぜ」

「は？」

ヤスミは箸を持ったまま、その場に固まった。

「愛人？」

「そう、愛人。けっこうお盛んなんだよ。見かけによらず」

子供が五人いて、愛人が四人。とにかく何でも数が多い。

「でも、四人なんて、そんなの大丈夫なんですか」

「大丈夫じゃないんだよ。いろいろと修羅場があったらしいよ」

そのうちの一人は、まるで見てきたかのように、いろいろな話をヤスミにしてくれた。一人目の愛人は、彼の大学時代の同級生で、彼女は公務員になって今でも仕事を続けていて独身。奥さんよりもつき合いが古い。二番目の愛人は、仕事を依頼したイラストレーターで、

「彼女がプレゼントを持って、何度も会社に来ちゃったりして、一時、大変だったんだよ」

とおやじたちはいった。三番目はこれも仕事で取材を共にした、ライターだった。

「四人目は？」

ヤスミが身を乗り出して聞くと、彼らはふふんと笑い、

「ちょっとだけ会社にいただろ」

といった。ヤスミは首をかしげた。彼女が知っている限り、あの派手な人しかいない。

「例の、彼女ですか？」

おそるおそる聞くと、おやじたちは練習をしたように、同時にこっくりとうなずいた。

「うそー。うそでしょう。だって、全然、接点が……」

「と思うだろ。それが男女の仲は不思議なんだよ。それも彼女のほうがオカダを気に入ったんだよな」

一人のおやじが別のおやじに同意を求めると、

「そうそう」

と彼はうなずいた。

「うそー、信じられない」

ヤスミは何度もつぶやいた。たしかにオカダ氏はいい人だ。口数が少ないが人間的に信頼できる人だ。が、お世辞にもハンサムとはいえないし、すでに彼は結婚して子供が五人もいるのだ。

「見ててごらん。会社の電話じゃなくて、一日に何度も彼の携帯電話が鳴るから。あれはみんな愛人からの電話らしい」

「どうしてあいつがあんなにもてるのかなあ」

「おれだって、フェロモンが出ている男かそうじゃないかくらいわかる。どう考えてもあいつは出てないぞ」

「でもあれだけ女が寄ってくるということはだなあ、やっぱり出てるんだよ。ね、出てると思うよね」

ヤスミはうなずくことができず、首をかしげた。

「あいつ、出張に行ったとき、愚痴をいってたもんな。彼女たちがみんな気が強くて困るって」

気の強い女性が、彼のようなタイプに惹かれるのは理解できそうな気がした。それにしても四人というのは、今どき大企業の社長でもそんな人はいないのではないだろうか。

「ま、お手当てをあげてるわけじゃないからなあ」

「じゃあ、どうしてそんなに続いているんですか」

「金じゃなかったら、残るはひとつだけだろ」

おやじにそういわれても、ヤスミはどうしてもそれが本当のことだとは思えなかった。子供五人に愛人四人。とてもそれだけのエネルギーが、彼にあるとは思えなかった。

「うーん」

ヤスミの頭はぐるぐると回りはじめた。

「信じられない？」

おやじが彼女の目をのぞき込みながらいった。

「はい」

「出張から帰ってきたら、聞いてみな。あいつ意外にそういうことを隠さないんだよ。ばか正直な奴だから、聞けば絶対に何でも答えるよ」

「じゃ、奥さんにもばれてるんでしょうか」

「らしいな。でもまだ子供が小さいし、奥さんも気が強いから、絶対に別れないっていってるらしいよ。オカダだって別れる気はないし」

なんだかわからないけど、とっても大変そうだった。しかし少なくともヤスミが見てきた限りでは、困り事があるとか、悩んでいるとかいったふうには、まったく見えなかった。

オカダ氏が出張から戻ってきても、おやじたちは何食わぬ顔をしていた。胸がどきどきしているのはヤスミだけである。

(あの話は本当なのだろうか)

彼らが根も葉もない噂をたてるとは思えない。しかし本当に上司に四人も愛人がいるのだろうか。ヤスミは彼の目の前に仁王立ちになって、

「愛人が四人いるって、本当ですか!」

と聞きたい衝動をぐっと抑え、横目で彼の様子をうかがっていた。四、五日して、二人で出かける用事ができた。このときを逃したら、聞くチャンスはないと、ヤスミは緊張した面持ちで、電車に揺られていた。

途中、目の前の席が二人分空き、二人は並んで座った。ヤスミは深呼吸をしたあと、

「あのう、妙な噂を聞いたんですけど」

と小声でいった。変に、

「不倫ってどう思いますか」

などと聞いて、自分にその気があると思われたくなかったからである。

「ふーん、どんな噂？」

彼女は周囲の人々になるべく聞かれないように、

「オカダさんに、愛人が四人いるっていう話です」

とささやいた。すると彼は耳まで真っ赤になりながら、

「うーん、困ってるんだよ」

と小声でいい、黙ってしまった。

「根も葉もない噂だからですか」

「いや、そうじゃなくて……」

やっぱり本当だったんだとヤスミは確信した。彼は前を見つめたまま、

「女の人たちが、みんな仲が悪くてねえ」

と心底困ったようにつぶやいた。

「それじゃ、女の人たちも他の人たちのことを知ってるんですか」

驚いていると彼は、

「そうなんだよ」

といってうつむいた。

携帯電話が鳴った。周囲の人の視線を憚《はばか》って、彼はただ、

「うん、うん。だめ。大丈夫」

と手短に答えて電話を切った。そして鞄に電話をしまいながら、

「こうやってね、女房や彼女たちからチェックが入るの」

と真顔でいった。

「はあ、そうですか」

あまりにあっけらかんとしているので、ヤスミはそういうしかない。

「どうして新しい人ができたら、別れないんです？」

それがヤスミにとってはいちばんの疑問だった。次の愛人ができたということは、前の人に興味を失ったということである。それならば別れるのが普通ではないだろうか。

「うーん。愛人っていわれたらそうなのかもしれないけど。別に前の人たちが嫌いになったわけじゃないんだ。頼られたりすると面倒を見てやらなくちゃとか、甘えられるとそれを邪険にするのもなあ、なんて思ったりしているうちに、こんなふうになっちゃったの」

女性にそれだけ好かれるなんて、男性からしたら本望だろうが、彼は彼で当惑していた。

「古い人にもねえ、かわいそうだから別れるっていえないんだよ。別れる理由もないし。み

んないい女友だちなんだよ。ただみんなと肉体関係はあるけど」

ヤスミは何もいえなかった。

「でも最近は、いちばん古い人がいちばん新しいのをいじめてるらしくてねえ」

「いじめてる？」

「おれの携帯から電話番号を調べて、別れろっていう電話をかけてるらしいんだよ。困ったなあ」

ちょっとはしゅんとしていたが、心底、困っているようには見えなかった。

「そういうときは、男がちゃんとしないといけないじゃないですか。ずるずるしてるのはいけません」

ヤスミはきっぱりといった。

「優柔不断だから、そういうことになるんですよ。女性四人が揉めたらどういうことになります？　女の怨念は怖いですよ」

「まあ、そのとおりなんだけどなあ。でも彼女たちの間で揉めてくれているおかげで、女房と別れてくれとはいわないんだ」

彼はほっとしたようにいった。

「四人の中で選べないのなら、みんなと別れましょ。そうしたほうがいいです。子供も五人いるんだし。そうしましょ。四人ときっぱり別れたほうがいいんです」

ヤスミは興奮していった。

「うーん、そうだねえ。でもねえ、みんないい女友だちなんだよ。女友だちと肉体関係があったら、いけないのかなあ」

「女友だちって、肉体関係がない人のことをいうんじゃないですか」

「へえ、そうなの」

彼は目を丸くした。基本的に愛人がいるという意識はないようだ。

「これからますます泥沼ですよ。たまには冷たい態度をとることも、女の人への愛情だと思いますけどねえ」

「ふーん、そうかあ」

彼の薄くなった前頭部の毛が、電車の空調の風になびいている。

「みんなでなんとか、うまいことやってくれるといいんだけどねえ」

降りる駅に到着すると彼は、まるで他人事《ひとごと》のようにそういった。そんな彼と並んで駅のホームを歩きながらヤスミは、いつまでも彼を見捨てない彼女たちが、いったい何を考えているのかを、とても知りたくなってきた。

恥ずかしい人

上司が茶髪にした。腰を抜かしそうになった。月曜日、会社に行くと、部屋の一角で人だかりがしている。いったい何事かと行ってみたら、上司が得意そうに髪の毛を掻き上げていたのだ。若い社員たちは珍しそうに彼を見たあと、後ろを向いて笑った。上司とは同年配のおやじたちにも、

「なんで、今さら」

「あんな若作りをして、どうするんだ」

とても不評だった。メグミはただ、心の中で、

(やめてくれえ)

と叫び続けていた。

その上司の男性は四十八歳。やたらとおしゃべりで、女性社員にも気軽に声をかけてくる、いわゆる軽いタイプのおやじだ。身長は百七十五センチ。体型は痩せていてちょっと猫背。ひょろりとしていて胸板が薄い。いかにも幸が薄いという感じがするのだが、本人は中年太りではないのが自慢らしく、

「おれって、スリムでしょ」

と腹をさすりながら、女性社員に自慢する。

「え、ああ、はあ、まあ」

そういわれたら、笑いながらごまかすしかない。彼に対して、

「本当にかっこいいですね」

などといったら最後、どんなに有頂天になり、調子に乗るか想像もつかないからである。

彼は自分がハンサムで格好がよく、まるでキムタクのようだと信じきっているので、着る物にも気を遣っている。メグミの勤めている会社は外国の会社と提携して、ネクタイやハンカチ、衣料品などを製造している。会社のおやじは社で製造したネクタイを締めているのだが、彼だけは違う。エルメスかフェラガモのネクタイしか締めない。そして靴はジョン・ロブだ。

「今日のスーツはグッチなんだ」

と自慢したという噂もある。今の若者は中身ではなく、身につける物をいちばんに考えていると批判されたりするが、上司を見ていると、情けないことこのうえない。若者だったら、

「あーあー」

といって済ませられるけれど、

「ああなってはいけない」

とメグミはいつも肝に銘じるのである。彼はキムタクには全然、似ていないし、いったん口を開くと乱ぐい歯が並び、馬が歯をむいたような顔になる。そしてひっきりなしにしゃべりまくるので、社内の人々はうんざりしていた。

とにかく口から先に生まれたみたいにお調子がよくて、男性社員の中には、

「そばに寄るのもいやだ」

と嫌っている人もいた。女性社員の場合は、入社したとき、むさいおやじたちの中で、お洒落に見えるので目をひかれるのだが、彼がしゃべりはじめたとたんに関心は薄れ、そしてなくなっていく。

「外見だけを取り繕っている、みっともないおじさん」

と呆《あき》れられ、相手にされなくなるのだ。

彼の自慢は、名前も外見も「キムタク」だということだった。メグミが四年前に会社に入社したときも彼は、

「ゴンドウ商事のキムタクでーす」

と挨拶したくらいだった。どうして「キムタク」なのかと首をかしげたら、名前が「キムラタクジロウ」だったからだ。それも女房の家に養子に行って、姓がキムラになったのである。メグミたちは陰で「パチもんのキムタク」、略して「パチ」と呼んでいた。

ＳＭＡＰが若者だけではなく、世の中のおじさん、おばさんに認知されるようになったときから、彼は髪の毛を伸ばしはじめた。短髪がマッシュルームカットのようになり、そしてロン毛になった。最初は、髪の毛を伸ばしているのに気がつかなかったのだが、一向にはさみが入れられた気配がないヘアスタイルを見て、伸ばしていることがわかった。そして、社員が、

「ヘアスタイルをどうするつもりなんだろうか」

と横目で様子をうかがっているうちに、ずんずんと髪の毛は伸び放題に伸び、とうとう肩に届いてしまったのである。また、女房が美人だというのも自慢だった。男性社員が、

「奥さん、誰に似ているんですか」

と聞いたら、

「藤原紀香」

といわれ、紀香ファンの彼は絶句していた。写真を持っているというので見せてもらったら、女という性別だけが似ていたといっていた。

「パチって、本当に気持ち悪い」

「あれが似合うって思ってんのかしら」

「だいたいさあ、四十代でやるヘアスタイルじゃないじゃん」

「奥さんや子供は何もいわないのかしら」

昼食を食べに外に出ると、メグミたちは大声で彼の悪口をいい放った。

「パチってさあ、自信満々なのよ。一度さ、取引先の営業の人が、部下のすっごくかわいい女の子を連れてきたことがあったのよ。そうしたらさ、『ゴンドウ商事のキムタクでーす。忘れないでね』っていいながら、こんなことをしてたわよ」

ユリちゃんが右頰を右手の人さし指でさわり、小首をかしげてみせた。

「やだーっ」

「ださーい」

「何、考えてんの」

「会社の恥だあ」

メグミたちはパスタランチを食べながら、フォークを振り回して叫んだ。

「そうしたら、その女の子、びっくりしちゃって、『はあ』っていったっきり、黙っちゃったのよ」

「それはそうよねえ。誰だって驚くわよ」

「グレーのスーツにロン毛なんてねえ。若いのにしか似合わないわよ。おやじのは不潔に見えるだけ」

「そうそう、毎日三回、髪の毛を洗ったとしても、不潔に見えるのよ」

「でも本人はぜーんぜん、そんな意識なんかなくってさ、ミウラくんが面白がって、『なんか、かっこいいですね』なんてからかったら、本気にしちゃって。『そうか、おれ、天然パーマだから、わざわざパーマをかけなくても、いいウエーブが出るんだ』なんていってんの」

「やだー」

「ばかみたい」

「いやー」

あるときは、筋金入りのキムタクファンの子が、机の上にキムタクの写真を置いているのを目ざとくみつけて、

「そんなにおれのことが好きなの？」

とパチがうれしそうにいった。彼女は彼がそばにいる間は体を固くして、無言で椅子に座っていたが、彼が姿を消すと、ぶるぶると体を震わせはじめ、

「うわーん」

と机に突っ伏して泣きだしてしまった。そんなにキムタクファンではないメグミたちが、あんなに腹が立つのだから、熱心なファンからしたら、殺してやりたいくらいに憎いはずだ。

「気にすることはないわよ」

「放っておけばいいのよ」

彼女を慰めたが、

「絶対に許さない」

と本気で怒っていた。それから彼女は彼のことを完全に無視するようになった。

社内の女性社員たちにひどく不評だというのも知らず、ゴンドウ商事のキムタクは、自信満々で過ごしていた。夏場は一束に結び、冬場は伸ばした髪をなびかせている。部下がからかって、

「今日は髪の毛の艶がいちだんといいですね」

といったら、

「お、そうか」

と机の引き出しから鏡を取り出し、うれしそうにいつまでも、右から左から眺めていた。

もちろん彼の上司も中年のロン毛を見ていい顔はしない。毛の薄い部長は、

「髪を伸ばしたのは、おれへの当てつけか」

と顔をしかめ、専務は、

「床屋にも行けないほど、金に困っているのか」

といったらしい。パチは部長には、

「僕もいつまで髪の毛があるかわからないので、伸ばせるときに、伸ばしときまーす」

と答え、専務には、

「これは僕のポリシーでーす」

などとわけのわからないことをいって煙《けむ》に巻き、「キムタク」として振る舞っていたのである。

まっとうな心で鏡を見れば、顔が似ていないことはわかるはずだ。名前だって本人は喜んでいるけれど、「キムラタクジロウ」である。タクヤならともかく、タクジロウならタクジロウらしい格好をしろ、といいたくなるが、彼は絶対的な自信を持っていた。ロン毛だけでもうっとうしくていやだったのに、それを茶髪にした。まさに社員一同、

「何、考えてんの」

という事件だったのである。もちろんこれに対して、会社の上層部が黙っているわけがない。部長は、

「ここは渋谷の街なかじゃないぞ」

とみんなの前で叱った。社員たちは机の下で、わからないようにぱちぱちぱちと小さく拍手をした。すると彼は、

「またー、そんなこといって。わかってますよ」

といいながら、部長の肩を叩いた。

「部長には僕の気持ちは理解してもらえないと思いますけどね。これも今のファッションなんですよ。うちだっていちおうファッション関係にからんでいるんですから、このくらいは許してもらわないと」

と得意気にいった。すると部長は、

「ほお、茶髪がねえ。だが最近は、コギャルの中では、すでに色黒も茶髪もすたれはじめていると聞いたが」

と切り返した。頭は薄いが部長のほうが、よっぽど今のはやりに敏感だった。

「えっ」

彼は息を飲んでしばらく黙っていたが、

「いやあ、それはまだまだ少数派でしょう。渋谷に行って見て下さいよ。わんさと茶髪がいますよ。僕は彼らの気持ちがわかりますねえ。なんだか解放された気分になって……」

とべらべらとしゃべりはじめた。部長は、

「もういい」

と怒って、部屋を出ていってしまった。

「惜しかったな」

「もうちょっとだったのに」

「本当に口が減らないからな」

メグミの横にいる若い男性社員が、小声で話していた。彼をいためつけてくれる人はいないのかと、誰もが願っていた。

茶髪になったパチは、ますます調子に乗り、

「最近なあ、ある角度から見ると、反町に似ていることがあるんだ」

と真顔でいい、今度は熱心な反町ファンを激怒させた。部長と食事に行った若い男性社員たちが、

「あれはどうにかならないのかね」

と愚痴をいった部長に、

「今度は反町に似ているって、いいはじめました」

とチクった。

「反町？　どういう顔だっけ」

と部長がいうので、彼が持っていた週刊誌にたまたま載っていた写真を見せると、

「ふーん、何を考えているんだか」

と手にした週刊誌を放り投げ、呆れ返っていたという。

「権限でなんとかならないんですか」

とにじり寄った彼らに対して、部長は、

「文句をいうと、『部長は毛が薄くて髪の毛を伸ばせないから、妬《ねた》んでいるんでしょう』なんて笑いながらいうんだ。おれだってそんなふうにいわれてまで、注意したくない」

といって口を真一文字に結んだ。

「はあ、それはそうですねえ」

彼らは顔を見合わせて、部長に期待するのは無理だと悟った。そして社員たちが出した結論は、

「相手にしない」

ということだった。

パチは社員がうんざりしていることにひどく鈍感で、逆に自分が声をかければ、女の子たちが喜ぶと考えているようだった。会社の廊下ですれ違うと、必ず、髪を搔き上げながら、乱ぐい歯を見せてにやっと笑い、

「元気？」

と声をかけてくる。

「はあ」

仏頂面でメグミたちが答えても、彼は、

「ああそう、それはよかった」

などといい、周囲の視線を意識して、また髪の毛を掻き上げて去っていく。冷たい目も彼にはまったく影響を及ぼさなかったのである。

年度末に本物のキムタクファンの女性が結婚退職することになった。会社での送別会はあるのだが、それとは別に、若い者だけでぱーっとやろうという話になり、男女とりまぜて十人ほどが、渋谷に繰り出した。ロン毛で茶髪の若い男性とすれ違うたびに、

「あれならまだ我慢できるんだけどなあ」

とみな口々にいい合った。駅から少し離れている店まで、ぶらぶらと歩いていくと、一人の社員が、

「あれ、もしかしたら、パチじゃねえか」

とファッションビルを指さした。

「どこ？　どこ？」

みんな爪先立って指さされた方向を見た。

「あ、そうだ。パチだ、パチ」

みんな、パチだ、パチだと騒ぎながら、そーっと彼にわからないように人混みにまぎれた。

「何やってんだ、あいつ」

「ナンパじゃねえのか」

「うっそー」

「だってさ、あれ、絶対、女を狙ってるよ。きょろきょろしてるもん」

退社する女の子も含めて、街路樹の陰に身を隠し、彼の様子をうかがっていた。たしかホワイトボードのスケジュール表には、彼は今夜は取引先の人と会食と書いてあったはずだ。彼は葉巻に火をつけ、ファッションビルの入り口に植えてある木によりかかり、ポーズをつくった。

「あいつ、葉巻なんか吸ってやがんの」

「ほら、ドラマでキムタクが吸ってたからさ」

「でもあれ、相当、前だろ」

「そうよ」

「今どき真似するなんて、ほんと、ばかだよな」

一同はくくくと声を殺して笑った。

彼はポーズを決めて煙を吐きつつ、目は行き交う人々を落ち着きなく追っていた。

「ほらほら、あの目つき、探してるよ」

「やだー、あんなのにくっついていく女なんかいるの？」

彼の態度から察すると、女性のほうから声をかけてくるのを待っている様子だったが、彼女たちにはまったく無視されていたので、今度は女の子たちに声をかけはじめた。

「やだー、ナンパしてる。やだー」

しかしいくら声をかけても、女の子たちは立ち止まろうとはしない。完全に無視だ。

「あはははは」

男性社員はみな大喜びだ。

「あっ、立ち止まった」

誰がいうともなく、みんなは中腰になってファッションビルの彼から死角になっている場所へと移動した。立ち止まったのは背がすらっと高い、今風の厚化粧の女の子二人だったが、足元を見たら二十センチヒールを履いていた。

「ぶっさいくだなー」

思わずつぶやいた男性社員の言葉に、みんなは吹き出しそうになった。二人はガムをくっちゃくっちゃと嚙みながら、脚を開いてパチの話を聞いている。彼が背を丸めて、何か話しかけると、二人は体をぶつけ合いながら、にやにや笑っていた。パチはそのうちの一人の腕を取り、引っ張っていこうとした。女の子は笑いながら、そこに立ち止まって動こうとしない。するとパチはまた葉巻を取り出し、髪を掻き上げながら、ポーズを決めて話しはじめた。

「おれって、かっこいいだろう」

と叫んでいるオーラが四方八方に飛び散り、メグミたちは腹を抱えて笑った。

女の子たちは、ぐずぐずしていて、彼についていく気配はない。パチは右手をパンツのポケットに入れ、葉巻を持った左手で遠くをさしながら、二人を口説いている。女の子たちはにやにや笑いながら、まだ決めかねているようだった。

「だめだ。あきらめろ。お前はすでに死んでいる」

誰かが呪いをかけるような声でつぶやいた。

進展しないのにあせったのか、今度は抱え込み作戦に走った。彼女たちの背後に移動し、両腕で二人の体を抱え込みながら、拉致《らち》状態に入ったのである。

「やだー、いやらしー」

「信じられない。即日退社ものだわ」

「部長にいいつけてやる」

女性社員たちは目をつり上げた。ところが彼にそうされた女の子たちの様子が変わった。

それまでは、

「どうしよっかなー」

という雰囲気だったのに、むっとした顔つきになったのである。鈍感なパチはもちろんそんな変化に気がつかない。彼女たちを引き寄せ顔を近づけて、ナンパの最終段階に入っていった。彼女たちはうつむいてじっとしている。そして彼が彼女たちの耳元で、にやっといやらしく笑ったとたん、彼女たちは、ものすごい声で、

「ふざけんじゃねえよ、このクソジジイ！」

「すっこんでろ、このばかやろう！」

と叫んだ。周囲の人々がいっせいに声がしたほうを見た。すると彼女たちは二十センチヒールで、同時に彼の体を蹴っ飛ばしたのである。彼はふっとび、さっきまでかっこをつけてよりかかっていた木に頭をしたたかぶつけて、その場にうずくまった。女の子たちはものすごい勢いで逃げていった。

「あっはっは」

みんなで腹を抱えて笑った。注目を浴びた彼は、何事もなかったかのように、つーんと斜め上を見たまま立ち上がり、また葉巻に火をつけ、右手をパンツのポケットに入れて、すましてその場を去っていった。

「やったー」

メグミたちはガッツポーズをとった。

「とうとうあいつに天誅《てんちゅう》を加える人がいた。それがあの女の子たちとは……」

「どんな人間でも、役に立つことがあるなあ」

「これが何よりものプレゼントだわ」

退職する女の子は、本当にうれしそうにしていた。部長の耳にも入れねばと、メグミたちの意見は一致した。一同は足取りも軽く予約していた飲み屋に行き、ふだんの何倍もおいしいお酒を飲んだ。そしてそれ以来、何食わぬ顔をしているパチに、聞こえよがしに、

「自信満々でナンパするおやじって、最低だよね」

とちくちくといやみをいうのが、若い社員の楽しみになったのである。

ゆるい人

（ああ、まただ……）

混雑した電車の中で、タカダフクオはつぶやいた。毎朝、ぎっちりと車内に人が詰め込まれ、ここに立ちたいとか、何かをしたいという意思はまったく無視され、揺られるまま、降りる駅にたどり着くまで、じっと耐えるしかない。

（朝、ちゃんとトイレに行ってきたのに）

フクオの下腹部はぐるぐると音をたてはじめ、気を許すとちょっとあぶない状態になってきた。

（どうしてかなあ、牛乳も飲まなかったし、水分もそんなにとらなかったし）

頭の中で昨日の夜から食べた物を思い出してみたが、別段、ふだんと変わりはない。変わりはないといっても、学生時代から、毎晩、正体をなくすほど酒を飲み、それを続けて三十年以上。彼の胃腸はほとんどアルコール漬けになっていて、最近は手も震えるようになった。

会社の女性社員からは、

「お酒の匂いがしみついてますね」

といわれるし、上司からは、

「もう若くはないんだから、体のことを考えて少しは酒を控えたらどうかね」

と忠告を受ける。

「そうですね」

とうなずくものの、その夜にはもう酒を飲んでいる。定期検診では毎年再検査になっていて、医者からも、

「また、あなたですか。毎年、同じことをいわせないで下さいよ。生きているのが不思議なくらいの数値なんですから」

といわれた。ガンマなんとかという数値のことも耳にタコができるくらい聞かされたが、忘れてしまった。最近は記憶もさだかでないのである。

フクオは会社ではまかされた仕事をちゃんとやったが、それ以上のことはしなかった。新しいアイディアを出すわけでもないし、強引にライバル会社を退けて、商談をまとめるということもしなかった。こんな具合であるから、もちろん出世できるわけがない。ぬかりがなく、上司に取り入るのが上手な同僚や後輩にどんどん追い越され、ふと気がついたら窓際に追いやられていた。それでも彼は不満を持つことなく、

「それは当然だ」

と思っていた。

「とてもじゃないけど、あんなことはできない」

彼らが酒を飲むということは、全部、仕事につながっていた。そのあと接待の一部として、女性がくっつくこともあった。しかしフクオは一人で酒を飲むのが好きだった。会社や仕事とは関係がないところで、酒を飲みたかったのである。

妻は彼の行動には何も口を出さず、子育てが終わるとソシアルダンス教室に通ったり、女友だちと旅行に行ったりしていた。フクオは妻が旅行で家を空けるというときも、

「行っておいで」

と快く送り出した。持ち家はあるものの、会社で出世もせず、飲んだくれてばかりいるおれのような男と、文句もいわず、よく何十年も連れそってくれたと感謝の気持ちでいっぱいだったからだ。大学生になったばかりの男の子が一人いるが、部活動だのアルバイトだのといって、ほとんど顔を合わせることがない。妻がいないときは、ちょっと淋しいので酒を飲む。

「ほんのちょっとだけ」

と思う。ところが飲んでいるうちにだんだんうれしくなってきて、量がすすんでしまう。そしていつの間にか前後不覚になって、気がつくと尻を丸出しにして、便所で寝ていたりするのである。

今年のはじめ、明日が本命の大学の受験日という高校生の息子に、その姿を見られたことがあった。顔をぱちぱちとはたかれて、フクオは目が覚めた。

「何やってんだよ、おやじ」

目を開けるとそこには、パジャマを着た呆れ返った表情の息子が立っていた。

「は？」

「は？　じゃねえだろう。小便をしようと思って起きたら……。何、考えてんだよ。尻丸出しにして」

フクオははっとして、腰をよじってズボンをずりあげた。

「勘弁してくれよ。おれ、明日受験なんだよ。どうしてこんな大切なときに、おやじの尻なんか見なくちゃいけないんだよお。ああっ、英単語も公式もみーんな忘れそうだ」

彼は頭を抱え、心の底からいやがっているようだった。フクオは、

「そうだな、ごめん、ごめん」

といって自分の部屋まで這っていった。結婚した当時は妻と一緒の寝室だったのだが、息子が生まれてすぐに、何の相談もなくフクオのベッドは、別の部屋に移されてしまった。それでも彼は、

（そうか。妻は静かに一人で寝たいのだな。おれは明け方帰るし。それはそうだ）

と納得して、文句もいわなかった。酒を飲んだくれているのに、会社は自分をクビにしない。それどころかちゃんと給料をくれている。こんなだらしのない男でも、妻は自分を見捨てずにいてくれる。だらしのない夫が家にいると、妻は子供に対して、夫の目の前でまるで復讐のように、

「お父さんみたいになるんじゃないわよ」

などといったりするらしい。しかしフクオは妻にそんな仕打ちを受けたことはない。もしかしたら陰でいっているのかもしれないが、フクオが知っている限りでは、何があってもただ淡々としていた。息子も家で大暴れすることもなく、クスリや万引きもせず、まともに育ってくれた。フクオはなるべく会社にも家族にも迷惑がかからないように、ひっそりと生きていようと考えていた。

大酒飲みではあるが、性格がいいこともあって、フクオは社内で嫌われてはいなかった。取引先でも彼は好かれていた。人の悪口はいわない。生き馬の目を抜くような小賢《こざか》しいところもない。ただただ素直でのんびり、おっとりしている。みんなに、

「フクちゃん、フクちゃん」

と呼ばれ、まるでペットのように扱われていた。

「ありがたいことだ」

フクオは会社にも妻にも感謝していた。

そんな気のいいフクオにも、トラブルは襲う。とにかくこの腹痛である。

（こ、困った）

腹の動きはだんだんひどくなり、痛みも鋭くなってきている。

（次の駅で降りないと、終点まで快速になってしまう。そうなったら大変だ）

車両の真ん中辺で、フクオは脂汗をかいていた。「降ります！」と大声を出そうとした。満員電車の奥のほうから、「降ります」などといったら、周囲の客にどんないやな顔をされるかわからないと思うと、また汗が出てきた。すると、ふーっとうそのように腹痛が消えていった。彼は首をかしげながらも、

（これで、大丈夫かもしれない）

とほっとしてため息をついた。そーっと腹をさすったが、ごろごろと動いている気配はもうない。

（よかった……）

フクオは安心して、車内の吊り広告を眺めていた。それから終着駅まではノンストップになる。だいたい十分くらいである。ところがまたフクオに不幸が襲ってきた。腹の痛みが復活したのである。それも先ほどの倍くらいの激しさで、大波のように彼の下腹部を襲ってき

た。

(ううっ、まずい……)

とてもこのままじゃ、十分はもたないような気がしてきた。

「ああっ」

フクオは小声でうめいた。頭の中はいったいこの腹痛がどうしたら収まるのか、そしてお漏らししないで済むかということだけだった。彼は肛門にぐっと力を入れ、

「絶対に出さない」

という意思を体に教え込もうとした。ところがそれを腹痛が突破しようとする。ここで腹痛に負けたら、とんでもないことになる。それは絶対に避けなければならない。

「ううう」

フクオが漏らす声に気がつき、前に立っていたサラリーマンが、ちらりと横目で見た。しかしまたすぐ手にした新聞を読みはじめた。

肛門に力を入れるあまり、フクオは思わず車内で爪先立ちになった。脚はわなわなと震えてきた。ここで急停車なんぞされた日には、一巻の終わりだった。

(あ、あと三分……)

痛みは波のようにフクオの腹を容赦なしに襲ってくる。

（あああ、あーっ）

最後の声は一オクターブ上で出したいほどの大波が押し寄せてきた。自然とフクオは内股になり、肛門だけでなく内股にもぐっと力を入れた。

そのとき電車はホームにすべり込んだ。改札口の横にはトイレがある。素早い千鳥足というなかなかできない芸当をしながら、フクオは目をつり上げて自動改札機に定期券を入れ、トイレに走り込んだ。

「はあ〜」

用を足したフクオは、個室の中で口をぽかーんと開け、至福の表情になった。

「よかった……」

何よりの喜びであった。

若い頃はそんなことなどなかったのに、ここ二、三年、下半身がゆるくなってきていた。フクオは毎晩、一人で酒を飲み、三軒をはしごする習慣になっていた。一軒目、二軒目はその日によって変わるのだが、三軒目は必ず、スズコさんという、百七十センチで八十キロのママさんが一人でやっている、「スズ」という店に行くことに決まっていた。カウンターだけの小さな店で、五人入ればいっぱいという店だ。常連たちが、

「ママが痩せたら、これまでの倍、客が入るな」

などとからかっても、ママさんは、

「なーにいってんのよ」

といいながら、がっはっはと大声で笑うような人だった。

あるとき、フクオはいつものように、すでに泥酔して「スズ」のドアを開けた。べろべろに酔っぱらっていても、動物の本能が働くのか「スズ」にはたどり着けるのである。

「あーら、フクちゃん。今日はずいぶん酔ってるわねえ。おとなしく家に帰ったほうがいいんじゃないの」

「飲む！」

ママは彼の体をいたわった。しかし彼はぶんぶんと頭を横に振り、
といって、店の中に入ってきた。たまたま客が途切れたところで、店内にはママとフクオの二人しかいなかった。

「あんたもほどほどにしないと……」

そういいながら水割り用のグラスを取ろうとしたママの耳に、水が流れる音がした。

「あら、何かしら」

思わずフクオの顔を見ると、彼は笑うでもなく怒るでもなく、なんともいえない顔で黙ってカウンターの椅子に座っていた。

「わっ、やだ！　あんた、何したのよ！」

　ママはあわててカウンターの外に飛び出してきた。

「何やってんのよ！」

　フクオは「スズ」にたどり着いてほっとしたのか体がゆるんでしまい、放尿してしまったのであった。目をつり上げて怒るママの前で、彼は、

「ごめんなさい」

　と小声であやまって、濡れたズボンとトランクスを脱ごうとした。

「ちょ、ちょっと、やめてよ。あんたが下半身裸になっているところを人に見られたら、どう思われるかわからないじゃない。ちょっと待ってなさいよ、パンツ、買ってくるから。ねっ、わかった！」

　ママは財布をつかんで、大急ぎで店を出ていった。フクオはこっくりとうなずき、濡れたズボンをまた穿いて、じーっと椅子に座っていた。

　息を切らしてママは戻ってきた。

「ほら、これに着替えて」

　コンビニの袋の中には、チェック柄のトランクスと紺色の靴下が入っていた。フクオはもそもそとズボンと下着を脱ぎ、新しい物に穿き替えた。

「ズボン、貸して！」

ママはフクオからズボンをひったくり、ハンガーにかけてエアコンのそばの棚の取っ手にひっかけた。

「まったく、もう」

ママは椅子のビニールシートを、熱い雑巾でごしごしと拭き、濡れた床に熱湯を流して、ブラシでこすった。

「ごめんなさい」

一通り、掃除が終わったところで、フクオはぺこりと頭を下げた。ママは呆れた目で彼を見ていた。彼は体を縮めて水割りをひと口飲んだ。

「うちだからいいけど、あんた、他の店でこんなことしたら、出入り禁止だよ。いい歳をして……」

フクオは、うんうんとうなずきながらママのいうことを聞き、また小声で、

「ごめんなさい」

とあやまった。そこへ常連客がやってきて、

「ああ、フクちゃん」

と声をかけたが、上半身は背広にネクタイなのに、下半身がチェックのトランクスだけと

いう姿に、びっくりして目を丸くしていた。

そんなことがあったら、恥ずかしくてしばらくその店に行くのは遠慮をするものだが、フクオの場合は、翌日もまた、はしごの仕上げに「スズ」に顔を出した。ママには気の毒をしたという気持ちがあったので、べろべろには酔っぱらっていたが、途中、花を売っているおじさんからバラの花を五本買い、ママに持っていった。

「あら、悪いわねえ。気を遣ってもらって」

ママはそういって、すぐに店に飾ってくれた。そうされるとフクオもとってもうれしくなり、また酒を飲んでしまうのだった。

「スズ」が休みの日、フクオは珍しく三軒目には寄らずに、家に帰ることにした。十時過ぎという時間帯は、電車の混み具合もそれほどではない。フクオは酔ってはいたものの、酩酊《めいてい》するほどではなかった。車内にはサラリーマン、学生、そして化粧をした女子高校生も乗っていた。女の子たちは学生鞄の中から鏡を出し、ある者はブラシで髪の毛をブラッシングし、ある者は化粧直しをしていた。ぼんやりと隅の席に座って眺めていたフクオは、突然、尿意を催した。

（あ〜、どうしよう）

どうしようと思いながらも、中途半端な睡魔にも襲われていて、席を立つことはできなかった。

（困ったなあ、うまいこと引っ込まないかなあ）

しかし、尿意はますばかりで、頭の中でどんどん膀胱が大きくなっていく様子が、容易に想像できるくらいであった。

（あ〜、どうしよう）

フクオはきゅっと内股にしたが、自分の意思に反して尿意は激しくなり、両足の爪先がうねうねと靴の中でうごめいた。

（ん？）

彼は靴の中で爪先をぐっと前に押しつけた。ふだん、着る物にはほとんどかまわず、靴もきついのはいやだからと、最初から合成皮革の大きめの物を選ぶので、何年も履いているうちに、ぶかぶかになってくる。そっと見てみると、かかとにはゆうに一センチの余裕があった。フクオはもそもそとベルトをゆるめ、ズボンの中に手を入れ、股間のホースをそーっと右足のほうに寄せて放尿をはじめた。脚を伝わせてそろりそろりと靴の中にしてしまおうと考えたのである。彼の考えは大当たりであった。幸い、隣に座っているサラリーマンは熟睡しているし、他の客も新聞を読んだり、雑誌を読んだりしていて、フクオに目を向ける者など誰一人としていなかった。右足の靴はすでに満杯になりそうだったので、フクオはまた股間に手を持っていき、今度は左側の靴の中に放尿しようとした。ところがホースを持った手元がくるい、なんとズボンの裾から、世の中に向けて一気に放出してしまったのであった。液体は電車の床にだーっと広がっていった。

「きゃーっ」

化粧を直し、「まじー、まじー、やばいじゃん」などと話していたコギャルが、悲鳴を上げてとびのいた。他の客たちは何が起こったのかわからず、目を白黒させていたが、呆然とズボンを濡らして座っているフクオを見て、呆れ返った顔でにらみつけた。彼はいたたまれなくなって、次の停車駅であわてて降りた。車内の客はみな、ホームに降りた彼を驚いた目で見つめていた。

「ごめんなさい」

フクオをホームに残して走り去る電車に向かって、彼は小声でつぶやいた。

翌日、彼は会社の中にある診療所に行き、医者に相談した。医者は彼の顔を見るなり、

「酒をやめることにしたの」

と聞いた。

「いえ、そういうわけでは……」

フクオは電車に乗っていると、便意、尿意に襲われて、とても困っているのだと話した。

もちろん、車内で靴の中に放尿したことは内緒である。

「ふむ」

医者は黙って話を聞いていたが、

「酒をやめたら治るよ」

といった。

「酒と関係が……」

「きみはとにかく飲みすぎ。家族もいるんだから。でも、もう遅いかなあ」

医者の言葉も、最後はひとりごとのようになった。

「飲みすぎて、穴が大きくなることはありますか」

「きみの場合はあるかもしれないね」

いくら断酒を勧めても、実行しないフクオに、医者は匙《さじ》を投げているようだった。

「とにかく酒の量を減らして、休肝日を作って、いつ催してもいいように、トイレの場所を確認しておく。それしかないだろうねえ」

いちおう検査を受けたほうがいいかもしれないといわれたが、それを聞いたフクオは急に面倒くさくなってきて、便意も尿意もどうでもよくなってきた。

妻は濡れた半がわきのズボンを見ても、何もいわなかった。黙ってクリーニング店に持っていってくれた。試験の前日、トイレで父親の尻を見てしまった一人息子は、見事、難関といわれる本命の大学に現役合格した。とても自分のDNAを息子が引き継いでいるとは思えなかった。フクオにとって妻も息子も、自信を持って自慢できる家族であった。

「本当によかったなあ」

ささやかな息子の入学祝いを家族でやった。妻はとってもうれしそうだった。外で自分がどんなことをやらかしているか、彼らは知らない。世間の人々は、こんな自分を見捨てないでつき合ってくれている。きっとこれからも、便意や尿意が襲ってくるのだろうが、人に頭を下げて生きていこうと、フクオが思ったとたん、細い目に涙がどっとあふれてきたのであった。

うすい人

電車の車内、自分の目の前で、

「くくく」

と若い女性が笑った。それを見た四十二歳のタケジは、

(まさか、おれのことじゃないだろうな)

と思いながら、背中に汗をかいた。

最近、タケジの抜け毛が激しい。髪の毛を洗うと、どっさりと抜ける。目をつぶってがーっと頭を洗い、シャワーで泡を流しながら何気なく排水口を見ると、まるでかつらのように固まった抜け毛が、ぞろぞろと引き込まれていく。いちばん最初にそれを見たときには、びっくり仰天して思わず髪の毛があるかどうか確認したほどだった。

(会社の健康診断でも、悪いところはなかったし。いったいどうしたんだ)

家族の目を盗んで、「家庭の医学」のページをめくってみたが、相当する症状は見あたらない。

「ついにつるっぱげか……」

タケジは暗澹《あんたん》たる気持ちになった。

彼の父も祖父も、ゆでたまごのような禿頭《はげあたま》であった。二人とも柔道をやっていたので体格がとてもよく、禿頭であってもそれが周囲に威圧感を漂わせ、

「ハゲ」

といううよりも、

「男性的で強い」

という印象を抱かせていたのである。

しかしタケジは違った。兄のゴイチは祖父と父の体格にそっくりだが、彼は母方に体格が似てしまったようで、親類の男性たちの中ではいちばん小柄で華奢《きゃしゃ》だった。母方のほうは男性に禿頭はいない。タケジは若い頃、兄とメンデルの法則について話し合ったことがある。禿げるかそうでないかは大問題であった。

「確率は高いがなあ。まあそうなったらそうなったで、仕方がない」

兄は半分あきらめているようだった。彼に対して体格的にコンプレックスを持っていたタケジは、

「絶対に禿げたくない」

といいきった。

「でもしょうがないだろう。親父もじいさんもああなんだ。そうなったら男らしくあきらめ

ろ」

しかしタケジはいくら兄にいわれても、あきらめることなどできない。小柄なうえにハゲなんて、いったいどうしたらいいのかと、心配でならなかった。就職したときも、もたもたしていると毛がなくなってしまうかもしれないので、

「まだ早い」

といわれながらも、二十三歳で速攻で結婚をした。まさに時間との闘いであった。年月がたつうちに、多少、兄の髪の毛も薄くなってきたが、それほどでもない。不運なことにタケジの髪の毛だけが、加速度をまして減ってきたのである。

三十歳を過ぎた頃から、あぶなくなってきた。明らかに頭頂部が薄くなってきたのをタケジは感じていた。同じ薄くなるのなら、望んでいる形がタケジにはあった。部分的ではなくて、全体的に薄くなったほうが、自分の顔には合うと考えていた。ところがこれまた彼の希望とは相反して、てっぺんが薄くなりかけてきたのである。実は傍目《はため》にはまったくそれはわからない程度のものであったが、タケジはものすごくあせり、妻に、

「わかめをくれ、わかめを」

といい続けて、毎日食べていた。妻は、

「本当に毛なんか生えてくるのかしら」

といいながら、いわれるままに毎日、わかめの味噌汁や、酢の物を作って出してくれた。

「おれの問題はお前の問題だ。おれが禿げたら、お前だって恥ずかしいだろ」

そう妻にいったこともある。すると彼女は、

「ぜーんぜん。あなたがどんなに禿げようと、私には関係ないもん。一緒に歩かなければいいんだからさ」

とタケジのことを気にもとめていないようだった。

（おれって、全然、相手にされてないのね）

しばらく彼は傷心の日々を送っていた。

「女房がこんなことをいった」

とタケジと悩みを同じくする同志に打ちあけると、

「ばかにされるよりは、無視されてるほうがいいんじゃないの。うちなんかさ、『あーあ、学生時代はうるさいほど髪の毛があったのに、どうして今はそんなになっちゃったの』って、うるさい、うるさい。この間も、『お前だって、なんだ、そのシミとシワ』っていったら、怒っちゃってさ。一週間、口をきかなかったんだ」

「はあ、それも大変ですねえ」

「だから、関係ないっていわれたほうがいいって」

そんなもんかとタケジは思ったが、やはり妻に無視されているのは、面白くなかった。休みの日に、子供と一緒に出かけるというときも、鏡を見ているタケジに向かって、

「いつまで見てるのよ。どうせ何をやったって同じなんだから、早く、早く」

とせかしたりするのだった。

悩みすぎたせいもあったのか、傍目にはわからなかった頭頂部の地肌が、目立つようになってきた。薄くなった頭頂部を隠すために、横の毛で覆う必要が出てきた。整髪料を使ってうまく地肌の上にのせても、風が吹いてきたりすると、一巻の終わりだった。せこい小細工をしても、家に戻ると、覆った毛は毛並みのままに元に戻り、頭頂部がむきだしになった。

結局はやってもやらなくても同じだった。しかしそれは儀式みたいなもので、そうしないとタケジは家から出る気にはならなかった。妻の支度が遅いといらだつ夫がいるが、彼らの場合は、見事に逆だったのである。

三十代から四十代に突入したタケジの頭頂部には毛がなくなってきて、その症状は周囲に派生してきていた。円形に禿げた地肌の直径が、だんだん大きくなってきて、周囲の毛まで抜けはじめた。通勤前に鏡の前で髪の毛を撫でつけていると、その後ろを洗濯物をかごに入れ、せり出た腹の上にのせた妻が通りかかり、

「げぼっ」

とげっぷをした。

（なんだよ）

彼は舌打ちしながら妻の背中を振り返り、たんねんに髪の毛を撫でつけた。

会社にはタケジと気持ちを同じくする同志が数人いたが、社員食堂で彼らといろいろな情報を交換していると、タケジは仕事のときよりも気合いが入った。男が髪の毛ごときでとは思うのであるが、やはり気になって仕方がない。どうにかなるものなら、どうにかしたいと考えていた。新聞や週刊誌に掲載されていた、抜け毛対策の記事を持ち寄っては、検討に検討を重ねていた。

「やっぱり漢方ですかねえ」

なかでいちばん若手の男がいった。彼は三十五歳なのだが、全体的な薄毛に悩んでいた。

「本当に結婚してて、よかったです」

というのが彼の口癖だった。それを聞いたタケジと同期の、磯野波平と同じヘアスタイルの独身の男は、

「お前はいいよな。おれはちょっとタイミングを逃しちゃったからなあ。見合いをしてもさ、相手がちらっと頭を見ると、もうだめなんだ。誰でもいいから早く手をつけときゃよかった」

と悔しそうにいった。

「そんな女なんか、こっちから相手にしなきゃいいんですよ」

若手がいった。

「だいたいハゲというのは、本人の人格には何も関係がないんです。どうしようもなくそうなってしまったんです。それを嫌いな理由にされたって、どうしようもないじゃないですか。一部分だけではなく、その人全体を見ればいいのに。許せませんよ、そんなの」

「そうだ、そうだよな。おれは若い頃からまじめにやってきた。高校生のときに父親が亡くなったあと、新聞配達をして学費を稼ぎ、なんとか大学も卒業して就職し、母親と一緒に住んで、小さいながらも家を買うことができた。女遊びもしないし、賭け事もしない。酒もたしなむ程度だし、子供も好きだ。こんなおれが、どうして毛が薄いというだけで、見合いを断られなくちゃならないんだ。ハゲは人格には関係ない！　自分を卑下しちゃいけないんだ！」

独身男も激昂してきて、拳を握りしめた。

「うーん」

五十八歳の長老がうなった。彼はタケジと同じ、フランシスコ・ザビエルタイプである。

「でもさ、それならどうしておれたち、こんなに気にしてるのかな」

みんなは黙った。しばらくの沈黙のあと、

「えーと、それは……」

若手の男がぼそっといった。

「これは人間の努力ということで」

タケジがいうと、みんなうなずきながら、

「そうそう。やらないよりはやったほうがいい。人間は現実に満足してちゃいけない。いつまでも努力しなければいけないのだ」

みんな大きくうなずいた。そうしないとみんながドツボにはまることが、お互いにわかっていたからだった。

彼らはおのおの体験を報告しあった。親類の男性から、

「とにかく刺激を与えたほうがいい」

と教えてもらった若手は、ブラシを買って毎日叩いていたが、叩きすぎて皮膚が切れて出血してしまった。

「髪を洗いすぎてもいけないというし、洗わなくてもいけないといわれるし。いったいどうしたらいいんだ」

長老は真顔で首をかしげた。

「でもちゃんと頭皮は清潔にしておいたほうがいいと聞きました」

「おれもそう聞いた」

「たしかに不潔にしておくのはよくないような気がするが、息子の話だと、今の若い奴らみたいに、毎日、シャンプーをしていると、歳を取って毛が薄くなるという話があるらしい」

彼の息子は将来を気にして、

「おれは毎日、髪の毛を洗うのはやめた」

といっているという。

「ふーん。毎日っていうのは洗いすぎかもしれませんねえ」

「普通のペースで洗っていればいいんじゃないの」

「洗うと抜けるしなあ」

「そうそう、そうなんですよ。この頃シャンプーをするとぞっとしますよ。こんなに抜けるんですよ、こーんなに」

タケジは自分の手で抜け毛の量を示した。

「それは辛《つら》い」

「辛いなんてもんじゃない。もうおどおどしながらシャンプーしてますよ」

彼らはA定食を食べながら、真剣に討議していた。

かつて中国製の育毛薬が流行したときには、社員で中国に出張する者がいると聞くと、顔見知りでも何でもなくても、どーっと彼のところに集まり、

「面倒なことを頼んで悪いけど、買ってきて。お願い」

とお金を握らせた。約束どおりに買ってきてくれると、みんな宝物をもらった子供のように、大事に家に持って帰った。

「これで、一年後はおかっぱかな」

長老がそういってみんな、

「あはははは」

と明るく笑ったくらいであった。

画期的に効くという記事が週刊誌に掲載されてはいたが、同志の間では効果がなかった。

「産毛みたいなのが生えたって書いてあったんだけどなあ」

タケジにもいい結果は出なかった。

昨年、長老が中国に出張になったときも、まっさきに買ったのが、下半身の薬ではなく育毛薬であった。そのとき画期的に効くといわれて使っていた薬が、ものすごく安くなって、薬屋の隅っこに追いやられているのを見て、

「やっぱり効かないんだ」

とがっくりしたと話していた。

「これは大丈夫らしい。店員の女の子も、コレハキキマスっていってたから」

といいながら、退社後の飲み屋で薬が入った箱を渡した。中国でもいい値段で売られていたが、日本で買うとその五倍以上の値段がつけられているのだ。同志はすぐに箱から出して、瓶の蓋を取った。

「うーん、効きそうな漢方の匂い」

「前のと全然違うね」

「これは期待できる」

一同、大喜びをして使ってみたが、どんどん毛が生えるというわけにはいかなかった。

「どう」

「いやあ、そういえば抜け毛が少なくなったかなとは思うんですが。よくはわかりません」

「おれもそうなんだ」

「おれは相変わらずなんだよ」

それを聞いた長老は、

「これを使っている得意先の社長がいってたんだけどな、我々は現状維持ができるということを、喜ばなければいけないそうだ」

と静かにいった。症状の進行を食い止めているだけでも、ありがたいと思わなければならないという。

「まあ、それはたしかに……」

「でも、期待しますよね。だって長老は一年後はおかっぱだって、いってたじゃないですか」

「そりゃあ、おれだって期待したさ。でもなあ、そんな、使ってすぐに、ばっさばっさと毛なんか生えてくるわけないもんな」

一同はうなずいた。しかし効くという話を聞いたら、それにすがりたいのが人情である。タケジも毎日、毎日、その薬を頭に振りかけながら、

「どうぞ、生えてきますように」

と念じていた。

「あれこれやることがあって、本当に大変だわね」

タケジの妻は夫の努力を横目で見ながらいった。それもせんべいをぱりぱりと食べながらである。

（おれがこれほど気にしているのに、なんだその態度は）

彼は黙っていた。

「でも全然、効果がないね」

妻は、

「けけけ」

と笑った。

「そんなことはない。これを使いはじめてから、抜け毛が少なくなったんだ」

本当はそんなことはないのに、タケジは見栄を張った。

「あーら、そうなの。でもお風呂場の排水口の掃除をしたら、ごっそり毛がたまってたけど」

彼女の言葉にタケジはぞっとした。

(男の気持ちも知らないで)

彼は腹が立ったが無視した。

「ママ、早く、早く」

中学生の娘が、居間から妻を大声で呼んだ。彼女たちはテレビの中のジャニーズ・ジュニアに目が釘付けになっていた。タケジは背後から、肩を寄せてテレビを見ている二人を見ているうちにだんだん腹が立ってきた。かつては休みの日に一緒にデパートで買い物をするのを喜んでいた娘も、中学生になってからは、

「一緒に歩くのはいやだ」

といいはじめた。

「欲しい物を買ってやろうか」

と聞いても、

「お金だけちょうだい」

という。

「どうしてそんなことをいうんだ」

と怒ったら、

「かっこ悪いもん」

などといわれてしまったのだ。昔は、

「パパ、大好き」

などといっては抱きついてきたのに、今は一緒に出かけるのをいやがり、パパとも呼んでくれなくなった。

「ちょっと」とか「あのさ」というのが、パパのかわりになって、タケジはこの頃、そう呼ばれ続けているのだ。そういいはじめたのは、きっと妻の入れ知恵だとタケジは疑っていた。

二人で結託して、おれをないがしろにしようとしているに違いない。タケジは後ろから、

「こいつらだってな、若い頃はかっこいいかもしれないが、おれぐらいになったら、みんなつるっぱげだ！」

と叫んだ。冷たい目をして娘が振り返った。

「何いってんの。ばかみたい」

妻も呆れ顔で振り返り、タケジを一瞥《いちべつ》してから、無言でまたテレビに目を向けた。

「タッキーだかミッキーだか知らんけどな、こいつだってつるっぱげになるんだぞ！」

自分でもわからないくらい、タケジは腹が立っていた。画面の中のタッキーはたしかにかわいい少年だった。このような子に妻と娘の関心が奪われているのが悔しい。二人が自分に反論してくるかと思ったが、完全に無視された。いくら背後でタケジが吠えても、二人は身じろぎもせずに、画面に見入っていた。そして番組が終わったあと、娘は、

「そんなに悔しいんだったら、頭のてっぺんに、黒いペンキでも塗っときゃいいじゃん」

と冷たい目でいい放った。にやにや笑っている妻を見ながら、タケジは胸が締めつけられそうになった。

タケジの心が和むのは、同志と一緒にいるときだけだった。ある日、波平頭の男が、

「かつらにしようか」

とぼそっといった。どうしても結婚したいので、手段はそれしかないという。

「それはやめたほうがいい」

みんなで止めた。

「潔くないですよ。ちゃんといいところを見抜いてくれる女性もいるはずですから」

若手の男がいった。

「そうは思うけど、やっぱりこれが原因じゃないだろうか」

「そうじゃないですよ」

「じゃ、何なんだ」

そういわれると、誰も答えられない。気まずい空気が流れた。

「かぶるんじゃなくて、植えるのがあるから」

彼がそういうと、長老が静かに、

「あれは相当技術がいいところにいかないと難しいらしいぞ。生えているところに結びつけると、その重みで生えている毛が抜けることがあると聞いたことがある」

「一本が三本になるはずが、ゼロになるってことか……。リスクが大きいなあ」

一同はしーんとなった。

「ともかくおれたちは、ありのままを受け止めよう。そしてそのうえで努力を続けよう。それがいちばんいいと思う」

長老の言葉にみんなはうなずいた。

「お見合いが成功しないのは、縁がないだけですよ。だからかつらはやめよう」

みんなで彼を説得した。タケジも説得に加わったものの、

「そんなに悔しいんだったら、頭のてっぺんに、黒いペンキでも塗っときゃいいじゃん」

といい放った娘の言葉を思い出し、おれたちの気も知らないでとむらむらと腹が立ってきたのだった。

うろたえる人

タケモトアキオ宅の飼い猫ミーが、朝、血便を出していた。それを発見したのはアキオであった。目が覚めたら膀胱が破裂しそうになっていたので、あわててトイレに走った。用を済ませてほっとしてトイレのドアを閉め、ふと足元を見たら、廊下に血便が転がっていたのである。ミーはアキオが拾ってきたネコだった。雨の日、会社からの帰りに公園でか細く鳴いているのをみつけて、連れて帰ってきたのである。手のひらに乗るくらいの大きさで、ぶるぶると震えていて、ちゃんと育つかさえも心配だったが、今はまるまると元気に太っている。アキオにとってミーは子供同然、いやそれ以上の存在になっていた。去勢手術をしたときには、あまりに心が痛んで、自分の股間まで痛くなったくらいだった。

「た、大変だ」

アキオは大慌てで台所で朝食を作っている妻のもとへ走っていった。

「何よ、うるさいわね」

妻はソーセージが入ったフライパンを揺すりながら、振り向きもせずにいい放った。

「けつ、血便が……」

「血便がどうしたの？」

うっとうしそうに妻は焼けたソーセージを皿の上にどっとあけた。

「ミーだよ、ミー。早く医者に診《み》せないと大変なことになるぞ」

彼は真剣な顔で妻にいった。

「きのう、大工さんが来てリビングの壁と窓を直してたでしょ。ドリルや電動のこぎりの音が怖かったみたいよ。きのうもずーっと小さくなって出てこなかったもん」

「それじゃあ、ストレスじゃないか。すぐに病院に連れていかないと」

彼はトイレのほうを指さしながら、おろおろした。

「ネコってそういうところがあるのよ。特にミーは神経質なんだから。気になるんだったら、あなた、掃除しておいて」

妻はまったく気にかける様子はない。彼は心臓をどきどきさせながらも、とりあえずは掃除をしておいたほうがいいかと思い、ティッシュの箱を手にトイレに向かった。拭き取ろうとしたがふと考えて手を止めた。

「これは医者に見せたほうがいいな。調べてもらえば病気かどうかわかるし」

アキオはまた妻のところに行き、

「何か余ってる入れ物はあるか」

と聞いた。しかし妻は中華鍋でものすごい音がする炒め物をしていて、彼の言葉が聞こえ

ていないらしい。彼女の背中ははっきりと、

「邪魔するな」

と彼を拒絶していた。彼は仕方なくキッチンの棚から、手近にあった密閉容器を取り出し、そこにミーの血便を入れた。そしてそれをリビングのテーブルの上に置き、顔を洗いに洗面所に走った。

スーツに着替え、キッチンに降りていくと、高校生の娘があわただしくトーストにかぶりついていた。

「あのなあ、ミーがなあ、血便を出してなあ」

娘はキッとアキオをにらみつけた。

「ちょっと、食事中にそんなこといわないでよ。本当にお父さんって無神経なんだから」

「え……、でも、ミーが、ミーが……」

「ネコってそういうことがよくあるよ。ミーって神経質だし。ずっと私のベッドで一緒に寝てたけど、元気だったよ」

妻のいうことと娘のいうことは、本当によく似ていると思った。

「でもなあ、血便だからなあ」

「だから、食事中にそんなこといわないでっていってんの」

娘はそういって、ケチャップをかけた卵焼きをつついていたフォークを放り投げた。

「ミーはどうしてる」

「さあ、さっきはリビングで見たけど」

アキオは心配になって、トーストを手にしたまま、

「ミー、ミーちゃん、どうしたの？　おいで」

と声をかけた。そんな彼を、妻と娘が冷たい目でちらりと一瞥し、娘は何事もなかったかのようにまた食事をはじめた。

ミーは日当たりのいいリビングの床で、幸せそうに手足を伸ばしてごろりと横になっていた。

「こんなところにいたのか。ミーちゃん。どう、お腹は痛くないか。気持ちは悪くないか」

彼がミーの頭を撫でながら語りかけていると、妻と娘がキッチンで何かを探している。アキオがミーの体をさすってやっていると背後で、

「きゃーっ」

という声がした。振り返ると娘がリビングのテーブルの前で固まっていた。

「やだー。信じられなあい。お母さーん」

妻がやってきた。

「ほら、見て」

娘はミーの血便が入った容器を指さした。

「まあ」

妻は目を丸くし、アキオに向かって、

「あなた、本当にろくなことをしないわね。これはクミコのお弁当のおかず入れよ」

といった。

「お父さん、どうしてこんなことをするの。弁償してよ、弁償」

娘は顔を真っ赤にして怒っている。まさかかわいいマンガが描いてある物を、高校生になる娘が使っているとは思わなかったので、ミーの血便入れにしてしまったのである。

「なかなか手に入らない物なのにい。友だちに頼んで買ってきてもらったんだよ。大事にしてたのにい。余計なことばかりするんだから、もう」

「どうしてよりによってこれを使うかしら。お医者さんに持っていくにしたって、こんな器に入れていく？」

二人はアキオをもう一度にらみつけ、リビングから出ていった。まだ娘がわめいているのを、妻が、

「しょうがないでしょう。他のに入れるしかないじゃない」

とため息まじりになだめているのが聞こえた。アキオの前でのんびりしていたミーも、あわてて二人の後を追った。

「お、おい、どこへ行く」

アキオがあんなに心配してやったというのに、ミーは妻の足に頭をこすりつけて、ごろごろとなついていた。

アキオが食卓についても、二人は何も話しかけない。とにかくミーが心配な彼が、

「元気そうに見えるけど、ミーを病院に連れていったほうが……」

といいかけると、妻は、

「うるさいわね。ミー、ミーって何なのよ。そんなに心配だったら、あなたが連れていけばいいじゃないの。私は今日はお茶のお稽古だからだめよ」

妻はここ十年以上、お茶を習っているのであるが、アキオは妻に茶を点《た》ててもらったことは一度もない。

「あのねー、お父さんはねー、ミーちゃんのうんちをお姉ちゃんがだいじーにしている器に入れちゃったの。やだねー」

娘はミーを抱っこして聞こえよがしにいい、弁当を持ってぷいっと家を出ていった。アキオは冷めた朝食をあわただしく口の中に入れ、

「行ってきます」

と小声でいって、そそくさと家を出た。妻は無言で、ミーは目をくりくりさせて、アキオの姿を見ていた。

電車の中でも、ミーのことが気になってしょうがない。頭の中には、家を出ていったあと、突然、容態が悪くなり、ばたっと床に倒れ伏すミーの姿が浮かんできた。妻がお茶のお稽古の日といったことも思い出した。

(ミーは誰もいない家の中で倒れるのか……。誰にも見つけてもらえずに。それはとってもかわいそうだ)

今すぐにでも家に戻りたかったが、そうするわけにもいかず、アキオは駅を降りて急いで会社に向かい、すぐに家に電話をかけた。

「はい、タケモトでございます」

すました妻の声がした。

「ああ、おれだけど」

「何よ」

「ミーは元気か?」

「ミー? さあ、さっきまでうろうろしてたけど、元気なんじゃないの」

「様子を見てこいよ。血便が出たんだぞ、血便が。どこかで倒れてるんじゃないのか」

「そんなことないわよ。さっきもばくばく餌を食べてたし」

「いいから、ちょっと見てこいよ」

「うるさいわねえ。あたし、忙しいのよ」

　妻は不機嫌そうに受話器を置いた。ぱたぱたと足音が遠ざかる音がした。しばらくして、また足音が近づいてきた。

「二階のベランダで寝てたわよ。上を向いて」

「上を向いて？　それは死んでいるんじゃあるまいな」

「ちゃんと息をしてたわよ。しつこいわね。いい、もう切るわよ」

　一方的に妻に電話を切られた。そばでやりとりを聞いていた部下たちは、

「どなたかご病気ですか」

　といった。

「いや、あの、うちのネコなんだけどね。今朝、血便を出したものだから」

「うちのネコも出したことがありましたよ。正月に親戚がいっぱい来たらびっくりしちゃって」

「それは大丈夫だったのか？」

「うーん、それとは別に関係はないと思うんですけど、一年後に死にました。脳に悪い菌が入ったらしくて。あっという間だったんです」

「それは血便と関係あるのか。歳は取っていたの？」

「十四歳でした。関係ないと思いますけどねえ」

アキオはまた心配になってきた。血便のあとに脳に悪い菌が入ったら最悪の結果を招くこともある。

「ふーむ」

机の上の書類を前に、アキオはいつまでもミーのことを考えていた。

なんとなく同僚と飲む気にならず、金曜日だというのにアキオはまっすぐに家に帰った。

「あら、帰ってきたの」

妻はつっけんどんにいった。

「ミーはどうしてる？」

「さっきリビングのソファの上で寝てたけど」

アキオがリビングに行ってみると、ミーは妻がいったとおり、ソファの上で寝そべっていた。

「ミーちゃん、どう、大丈夫？　頭痛くないか、頭。お腹はどうだ、痛くないか」

ミーを抱っこして話しかけると、ごろごろと喉を鳴らした。

「うーん、いい子、いい子」

アキオはミーに頬ずりした。ミーは大きな口を開けてあくびをした。

「く、臭い!」

彼はびっくりしてミーの顔を見た。ミーのほうもきょとんと彼の顔を見ている。

「口が臭い。もしかしたら、お前、歯槽膿漏《しそうのうろう》じゃないのか」

本当か嘘か知らないが、子供のときに犬に甘い物をやると、歯槽膿漏になってその菌が脳にまわって死んでしまうと聞いたことがあった。

「おい、ミーの口が臭いぞ」

アキオはあわてて妻に報告した。

「あら、そう」

相変わらず妻はそっけない。

「歯槽膿漏か。あれは人間だって大変だぞ。動物には入れ歯はないし。いったいどうしたらいいんだ」

妻はちらりとミーの餌が置いてあるマットを見て、

「かつおぶしを食べたばかりだから、その臭《にお》いがしただけじゃないの」

といい、お茶の稽古に行ったついでに、デパートで買ってきたらしいお総菜を皿に盛りつけていた。

「そうかなあ」

「そんなにミーのことが心配だったら、明日、病院に連れていったらいいじゃない。こんな調子で毎日毎日騒がれたら、うるさくてしょうがないわ」

連れていきたいのはやまやまだが、もしも悪い結果が出たらと、そっちのほうも心配だ。もしも何か悪い病気だったらどうしようと、アキオはまた心配になった。

夫婦でほとんど会話のない夕食を済ませると、英語塾に立ち寄った娘が帰ってきた。妻はアキオが会社から、ミーのことを聞くために電話をかけてきたことを話していた。

「ばかじゃないの。ミーはかわいいけどさ、ちょっとかまいすぎじゃない？」

娘はそれが父親に対する視線かといいたくなるような目つきで、アキオを見た。

「でも、血便が……」

「また血便？　もう血便はいいよ。血便のおかげであたしは大迷惑だ！」

娘は朝の出来事を思い出したらしく、不愉快そうに顔をしかめた。

「ミーちゃん、ミーちゃん」

アキオが猫撫で声を出すと、ミーは、

「みゃー」

　と返事をして彼の膝の上にぴょんととび乗った。

「ほら、お父さんに、はーしてごらん。はーってやってごらん」

　そういわれてもミーは何のことかわからず、きょとんとしている。

「はーだよ、はー。口が臭いんじゃないのか」

　妻と娘は呆れ返った顔で、アキオを見ていた。

「あたし、こんなにお父さんに心配してもらったことなんかないような気がする」

「あーら、お母さんだってそうよ。あんたが水疱瘡《みずぼうそう》になったときも、こんなふうに心配しなかったわよ」

　ミーがあくびをしたとたん、アキオは顔を近づけて、くんくんと口の臭いを嗅《か》いだ。

「うーむ、さっきよりは臭くないような気がする」

「だから、かつおぶしを食べたすぐあとだっていったでしょ」

　妻が面倒くさそうに大声を出した。

「それはわかっているけど」

　気になったアキオが、ついでに口の中を調べようとすると、ミーはいやがって膝から降りてしまった。

「ミー、ミーちゃん、ほら、お父さんに見せてごらん。ほら、おいで、おいで」

猫撫で声でミーを追いかけるアキオを見て、妻と娘は肩をすくめた。

翌朝、もしかして今日も血便がと心配をしたが、廊下には落ちていなかった。もしかしてトイレにと思い、猫砂を調べてみたが、そういう気配はなく、アキオはとりあえずほっとした。しかし症状がないからといって、ほったらかしにしておくことはできない。納戸からミーを入れるキャリーバッグを持ってきて、病院に行く準備を整えた。血便のことを妻に聞いたら、汚いという理由で、すでに容器ともども捨てられていた。

「いつもの先生のところ、今日、休診だよ。昨日、前を通ったら貼り紙がしてあった」

娘はミーの頭を撫でながらいった。

「そうか。他にあったかな」

「大通りを渡ったところにあるけど。ほら、あの大きな看板の。ペットホテルも一緒にやってる派手なとこ。あそこ、はやってるんじゃない。でもうさんくさいよ、あそこは」

彼女はそういったが、うさんくさくても獣医は獣医だ。アキオはミーを連れて、その派手な病院に行った。病院の看護婦さんというのだろうか、白衣を着た女性たちはみな若くて厚化粧で美人であった。入り口の横にある部屋では、プードル二匹がお風呂に入れてもらっていた。見るからに遊び人風の、首に金のネックレスをした獣医が出てきた。

「どうかしましたか」

アキオが血便と口臭の話をすると、

「食欲はありますか？　遊びますか」

と聞く。別にふだんと変わりはないというと、医者はミーの体をさわり、口の中を開け、

「別に問題はないと思いますけど」

とあっさりと診察は終わってしまった。料金を払う段になると、きれいな若い女性が、

「これはネコちゃんの歯磨きなんですけど、歯石や歯槽膿漏の予防にいかがですか」

とにっこり笑った。歯磨きを猫用の歯ブラシなどにつけて、歯を磨いてやるんだそうである。

「そうですか。そういうものがあるんですか」

そういうこともしてやらなくちゃいけないかなと思い、勧められるままネコの歯磨きを買ってきた。

「何でもないらしいよ」

家に戻ったアキオがそういうと、妻と娘は、

「当たり前でしょ。あんなに家の中を走り回ってたんだもん」

ミーは狭いキャリーバッグから飛び出して、うーんと伸びをした。

「何これ」

娘が歯磨きの箱を取り上げた。

「あ、それはね、ミーの歯磨き」

「歯磨き？」

「それを使うといいらしいんだ。歯石もつかなくなるらしい」

「またそんな物を買って。いらない、いらない、ネコに。そんな物」

妻はいい放った。

「でもお前、歯槽膿漏が……」

「そうなったらしょうがないじゃない。まあ、せっかく買ったんだから、ミーちゃんにしてあげれば」

妻と娘は、あの病院はああやって、いろいろと物を売りつけて儲けてるといってうなずき、まさかお父さんが買ってくるとは思わなかったとまたばかにした。

(うるさい。これでミーちゃんの口の中は健康になるのだ)

アキオは小さな猫用歯ブラシに歯磨きをつけ、

「ミーちゃん、おいで、ミーちゃん」

と呼んだ。ミーがとことことやってきた。

「さあ、おいで」

抱っこして仰向けにし、口の中に歯ブラシを入れようとすると、

「んぎゃー」

と怒って顔をそむけた。

「ほーら、ほらほら、ミーちゃん。これで気持ちよくなるよ。歯磨きしましょうねー」

しかしミーはぶんぶんと首を横に振り、必死になって抵抗した。そして大暴れのあげくにものすごい勢いで逃げていった。

「ほら見なさい。いやなのよ」

妻は薄笑いを浮かべた。

「そんなことしたら、またミーは血便を出すぞ」

娘の言葉にアキオはぎょっとした。

(そうだ、いやがることをしたら、ストレスになって血便を出してしまうかもしれない)

彼は急に心配になり、

「ミーちゃん、ごめんね。お父さんが悪かった。もうしないよ、ごめんね」

とミーの後を追って叫んだ。ミーはまた何かされるのではないかと逃げていく。

「ミーちゃん、ごめんね、ごめんね」

そんなアキオの後ろ姿を見ながら、娘は小声で、

「ばか」

とつぶやいた。

勝手な人

イチロウの妻と子供たちが家を出て三年になる。去っていった妻とは見合い結婚だった。彼は特別結婚したいとは思っていなかったが、三十歳近くなると、仕事の都合上、結婚していたほうが有利に働くのがわかった。取引先との会話でも、

「奥さんはどう」「子供はいくつになった」

などという話題が出て、三十半ばを過ぎても独りでいると、変わり者のような目で見られた。そんな男性が後輩を誘って飲みに行くと、

「女よりも男が好きだ」

などと噂をたてられることもあり、結婚は男の出世に大切だとイチロウは考えるようになったのである。

常々彼は同僚から、

「お前みたいにわがままで自分本位の人間に、一生、つき合おうなんていう奇特な女性がいるわけないじゃないか」

と面と向かっていわれていた。学生時代に好きになった女性はたくさんいたが、ことごとくふられた。一度か二度、デートをすると必ず相手は、

「もう、会いたくない」

という。理由を聞いても、

「あなたには、ついていけない」

といわれるばかりだった。だから女性とは深く交際したことはなかった。風俗嬢がこの世の中に存在していれば、それでいいやと思っていたが、出世のためには結婚というシステムの中に組み込まれていないとだめだとわかってからは、意地でも結婚しなければと思うようになった。

まず貯金をはたいて頭金にし、新興住宅地の狭い建て売りの一戸建てを購入した。家があるのとないのとでは、女性の対応が違うのではないかとふんだからである。しかし結果は同じであった。母親も、

「まだ結婚しないのか」

と事あるごとにいうようになったが、交際している女性はおらず、会社の独身の女性たちに片っ端から声をかけても逃げられ、とにかく女のおの字もなかった。そんなときに伯母の紹介で引き合わされたのが、同い歳の元妻であった。

彼女はごくごく平凡なサラリーマン家庭に育ち、容姿も平凡なおとなしい女性であった。彼は結婚相手に対して、多くは望んでいなかった。容姿は問わず、当然だが性別は女性、そ

して自分のいいなりになってくれれば御の字だった。彼女は自分の意見をあからさまにいわなかった。デートをしても、

「イチロウさんにおまかせします」

というばかりで、自分からは何も提案しない。これは彼にとっては好都合だった。自分のいいなりになる妻は理想であった。とにかく、三十歳を前になんとしても結婚したかった。

「この女を逃したらだめだ」

彼はとにかくぐいぐいと押しまくり、相手の意思も聞かないうちに、小さいダイヤがついたリングを買って、デートをした公園でむりやり指にはめてしまった。

「これでもう、きみはおれと結婚するのだ」

はめられた指輪を見て、元妻は弱々しく笑うだけであった。

強引に結婚式をやり、いちおうイチロウと彼女は夫婦になった。ところが結婚したとたん、トラブルが続出し夫婦喧嘩が絶えなかった。おとなしく自分のいいなりになると思っていた妻が、自分の意見をいいはじめたのである。イチロウが描いていた結婚生活は、妻には給料の中から月々生活費を渡し、残りは全部自分で管理する。妻に財布を握られるのはまっぴらだった。遊び代や煙草代にも苦労する生活はいやだった。

「稼いでいるのはおれなのだから、おれが主導権を握るのは当たり前だ」

そう彼は思っていた。ところが妻は、

「それだったら、買い物を全部してきて」

などという。

「そんなことできるわけないじゃないか」

というと、

「じゃあ、お給料を全部渡してちょうだい」

と文句をいうのだ。

イチロウは、

「騙された」

と愕然《がくぜん》とした。

「結婚前は『イチロウさんにおまかせします』なんていってたくせに、なんだその態度は。おれの給料の額を見て、目がくらんだな」

彼の給料は世間的にいってよいほうだった。そういわれた妻は激怒し、

「ふざけないでよ。あなただって結婚したくてせっぱつまってたくせに。みんなわかってたわよ。私だって友だちは次々に結婚するし、三十を目前に取り残されちゃって、これが最後と思ってたのよ。お互いさまじゃないの。だいたい、結婚して妻に給料を全部渡さない亭主

なんて最低よ。くれた指輪だって、学生が彼女にプレゼントするような安物だったじゃない」

結婚前からは想像できないくらい、妻は饒舌《じょうぜつ》だった。イチロウは男に逆らう女が大嫌いであった。

「うーむ、最悪の女と結婚してしまったか」

毎日、喧嘩であった。それでも上司からは、

「きみも結婚して、やっと男として安定したね」

などといわれる。おいそれと別れるわけにはいかない。家に帰れば妻はぎゃーぎゃー吠える。仕方なく彼は給料を渡すことにした。

「いっときますけど、これが当たり前なんですからね」

妻のとどめのひとことにまた腹が立った。しかしそんな喧嘩ばかりしている毎日でも、不思議に子供はできてしまう。妻はさっさと実家に帰ってしまい、一戸建ての家にイチロウが残された。ときおり、

「こうでもしないと、妻の実家に面子《メンツ》がたたないからな」

とつぶやいて、妻の実家に顔を出したりしたが、彼女は、

「何しに来たの」

というような顔でイチロウに接した。結婚して一年半後、男の子が生まれた。子供が生まれたと聞いた上司から、

「これで一人前だな」

といわれた。

「そうか、これで一人前なのか」

イチロウはそういう意味では子供ができてよかったと思った。そしてそれから二年後に女の子が生まれた。あっという間に夫婦は四人家族になり、またまた新たなトラブルが起きた。休日も会社の接待ゴルフで出かけようとするイチロウに対して、妻が、

「父親の自覚がない」

となじったのである。

「ふざけるな。どれもこれも仕事のためだ。おれが仕事をしているからこそ、お前たちは生活ができるんじゃないか。遊園地に行くくらい、少し我慢しろ」

子供は、

「行きたいよう」

といいながらぎゃーぎゃー泣く。妻はそんな子供たちを抱きしめながら、

「こんなに泣いてるのに、それでも行くっていうんですか」

と涙目になる。イチロウはうっとうしくなって、バタンと力強くドアを閉めて出かけた。この接待で会社でのイチロウの評価が決まる、大切なゴルフであった。その後、妻子がどうしたか知らない。夜、家に帰ったときは子供はもう寝ていて、妻はひとことも話さなかったし、彼も聞かなかった。

父親参観にも行ったことはないし、運動会にも一度も参加したことはない。だから子供の写真やビデオを撮影するのは、すべて妻の役目であった。

「どうして父親が子供が勉強しているところを見たり、玉を転がしたりしなくちゃならないんだ。そんなことをしたって、意味がないじゃないか。ああいうことは母親がやればいいんだ」

最初は妻も、そんな彼にいちいち文句をいっていたが、そのうち何もいわなくなった。子供たちもイチロウに対して、物をねだったりすることは一度もなかった。そんな家族の姿を見てイチロウは、

「奴らもやっと、おれの気持ちがわかったんだな」

とほっとしていた。妻子にああだこうだといわれるのが、いちばんうっとうしくいやなことだった。

ところが彼が四十三歳のとき、子供たちが夏休みに入ってすぐ、妻が突然、

「離婚して下さい」

と切り出した。青天の霹靂《へきれき》だった。腰を抜かさんばかりにイチロウは驚いた。

「なぜだ」

「もうあなたとは暮らしていけません。子供たちもそういってます」

妻の後ろで子供たちは、じーっとイチロウをにらみつけている。とても自分の子供とは思えない目つきだった。

「なぜだ。どこに文句があるんだ。ちゃんと食べさせてもらって、学校にも行かせてもらって、欲しいおもちゃも買ってやったし、友だちと比べても恥ずかしくないようにさせているじゃないか」

それでも彼らの表情は変わらなかった。

「だいたい、離婚なんてしたら、おれが会社や取引先に何ていわれると思うんだ！　そんなことができるわけがないだろう！」

そう叫んだとたん、妻はうんざりした顔でため息をついた。子供たちも同じような顔をしているので、イチロウはひどく腹が立った。

「すぐに会社会社っていってさ。会社のことばっかりいって。おれたちのことなんか、全然、考えてくれなかったじゃないか。お母さんがかわいそうだ」

長男がいった。子供を味方につけやがってとイチロウは舌打ちした。

「とにかく、私たちの意思は固いので、出ていきますから。よろしくお願いします。子供たちの親権は私がいただきます」

妻は目の前に判を押した離婚届を広げた。

「子供たちが大事な時期だっていうのに、よく母親としてそんなことがいえるな」

イチロウがそういったとたん、娘は、

「お父さんは私たちに何もしてくれなかったじゃない。お母さんにそんなことという資格なんかないよ」

といい放った。十歳の娘にいわれてイチロウは、こいつらは全然、わかっていないとむかっとした。

「ふざけるな。人並み以上の生活をさせてもらって、何もしてくれなかったっていうのは何事だあっ。そんなことを子供の分際でいうなんて許せないぞ。ふざけるのもいい加減にしろ。お前もなんだ。子供を使っておれに何をやらせたいんだ。文句ばかりいいやがって、おれがどんなに会社で苦労しているかわからないのかああっ！」

彼は怒った勢いで通勤に使っている鞄の中から印鑑を出し、

「これでいいんだろ。勝手にしろ」

と紙が破れるくらいの力で押しつけてやった。するとそれを見た妻は、さっと紙をひったくり、

「それでは荷物はあとで業者に運ばせますから。さ、行きましょ」

といった。子供たちもおとなしくうなずいて、妻の後に続いた。三人はまるで近所の公園にでも行くかのように、あっさりと家を出ていった。子供たちの部屋を調べてみると、段ボールで梱包した荷物が山積みになっていた。こんなことをしているのさえ、イチロウは知らなかった。

「勝手にしろ。後悔するに決まってる。あいつらだけで生活できるわけがないじゃないか。あの女に何ができるわけじゃなし。いくら頭を下げてきたって、二度と家には入れてやらないからな」

彼は仁王立ちになって叫んだ。

ところが元妻たちからは三年たっても何の音沙汰《おとさた》もない。母からは、妻の実家の近所で暮らしているらしいという話は聞いていたが、特別、会いたいとも思わなかった。妻と子供の自分を見る冷たい目だけが記憶に残っている。それよりもイチロウは、彼らのせいで社内的に恥をかかされたと恨んでいた。できれば会社には内緒にしたかったが、給料の扶養家族控除の関係で、どうしてもいわなくてはならない時期がきた。仕方なく経理の担当者に報告し

た。

「はい、わかりました」

彼は淡々と返事をしたが、好奇の目でイチロウを見ているのがわかった。

「出世できなかったら、あいつらのせいだ。面白半分で妙な噂をたてないとも限らないからな。だいたい子供のくせに親に盾突くなんて、生意気なんだ」

自分で考えているほど昇進が速くないのは、すべて離婚のせいだとイチロウは信じていた。

妻子が去っていった直後は、

「どうしておれがこんな目に」

と腹が立って仕方がなかった。男は外、女は家と信じて疑っていなかったから、最初は途方にくれたものの、朝食は前の晩、帰りがけにコンビニで買っておいた、おにぎりとインスタント味噌汁で済ませ、昼食も外食というパターンができあがった。ワイシャツ、スーツは休みの日にクリーニングに出せばいいし、下着は妻が洗濯機を持っていったあとは、できるだけパンツも靴下もはき続け、我慢できなくなった時点で捨てるのを繰り返していたが、ボーナスで全自動洗濯機を買い直したので、洗濯も苦にならなくなった。

「女房子供なんか、こうるさいだけで必要ないな」

夜、ごろ寝をしながらテレビを見てビールを飲む。そしてそのまま床の上で寝てしまうことがほとんどだ。イチロウは毎朝、かあかあと鳴くカラスの鳴き声で目が覚める。この頃どういうわけだか、家の周辺には大きなカラスが増え、我が物顔にゴミを漁り、ひどいときには彼を攻撃してくる。いまいましいと思いながらも、どうすることもできず、彼は木や塀の上にカラスの姿を見ると、まず、

「かあーっ」

と威嚇《いかく》する。しかしそんなことくらいではカラスは動ぜず、彼をあざ笑うかのように、

「かあかあかあ」

とのんきに鳴くのだ。

「また、あいつらがいるのか」

彼はうんざりしながら体を起こした。

「へっくしょい！」

くしゃみをしたあとに、ぶるぶるっと体が震える。鼻をぐずぐずさせながら鴨居《かもい》にかけたワイシャツの匂いを嗅いで着ていく。インスタント味噌汁にお湯をそそぎ、おにぎりを二個たてつづけに食べる。

「ちぇっ、今日はごみの日か」

ごみの日は特にカラスの数が多くなり、カラスよけネットのすきまから、なんとかしてご

みをつつき出そうと、うろうろしているのだ。それともうひとつ、近所の奥さん連中と顔を合わさなければならないということも、イチロウをうんざりさせた。妻子が出ていってから、彼は近所の主婦たちからも、好奇の目で見られていた。彼女たちは立ち話をしていて、彼が通りかかると、いちおう会釈はするが、そのあと、こそこそと耳打ちしあった。

(どいつもこいつも、そんなことしか話すことはないのか)

近所の人々の態度に腹が立っていたイチロウは、町内の催し物には絶対に参加せず、町会費の支払いも、

「そんなものは払う必要はない」

と徴収に来た主婦にいい放った。運悪く同じ町内に、イチロウと同じ立場の男性がいたが、彼はとても愛想よく町内の催し物に積極的に参加し協力したので、ことごとく比べられた。そしてイチロウはどんどん嫌われていった。

小さな燃えるごみの袋を持ち、玄関のドアを開けると、

「かあかあかあ」

とカラスの大きな鳴き声と、羽ばたく音が聞こえた。上を見ると、門の横に植えてある木の枝に、五羽の大きなカラスが止まっていて、じーっとイチロウを見ている。彼は足元に転がっていた短い枝を拾い上げ、ぶんぶんと振り回したあと、カラスに投げつけた。カラスは

ばたばたと音をたてて、隣の家の木に飛び移っていった。

「こんな木があるからカラスが来るんだ」

この木は妻が気に入って植えたものだった。いつか切ってやると思いながら、彼は歩いていった。ごみの集積所で出会った主婦は、イチロウを見て、

「おはようございます」

と挨拶をした。

「…………」

イチロウは無言だ。どうしてこいつに挨拶をしなければならないのかというのが、その理由である。彼が挨拶をすると決めているのは、自分と利害関係が発生する人々のみであった。ふんっと無視してごみを放り投げると、彼は後ろも見ずに歩いていった。主婦はびっくりして彼の後ろ姿を眺めていた。

会社に行くと彼の態度は豹変《ひょうへん》した。上の者には腰を低く、下の者には尊大にというのが彼のモットーなのである。専務が車で出社してくるのを目ざとくみつけると、入り口で待っていて、

「おはようございますっ」

と大きな声で挨拶をし、頭を下げた。

「ああ、おはよう。この間の話、うまくいったそうだね」

「ありがとうございます。専務のお力添えがあったからこそでございます」

イチロウは直立不動の姿勢のまま、何度も頭を下げた。

「まあ、その調子でがんばって」

「はっ、ありがとうございますっ」

社内の何人かのライバルの顔が頭に浮かび、彼はにやっとほくそ笑んだ。

翌日の土曜日、イチロウは何度も昨日の専務とのやりとりを反芻《はんすう》してにやにやした。たまには朝食のおにぎりを食べながら、和室から猫の額ほどの庭を眺めようかという気にもなった。手入れをしていない庭は、草がぼうぼうに生え、妻が丹誠して造った花壇も、どこにあるのかわからない。小さな池の中の金魚が、緑色の苔の間から見え隠れしている。金の無駄だというのに、息子が縁日で金魚すくいをやりたがり、それを放したことを思い出した。彼はおにぎりの御飯を少しちぎり、池に向かって放り投げた。金魚は逃げた。彼は庭用の汚れまくったサンダルをつっかけ、池のふちに立って、勢いよくまた御飯を投げ入れた。浮き上がってきていた金魚は、またささっと底のほうへと逃げた。イチロウはむっとした。

「なぜ、逃げる。餌をやってるのに。食えったら、食え」

しばらくすると金魚はまた水面に近づいてきたが、じーっと様子をうかがったままだ。

「どいつもこいつも、かわいげのない奴らばっかりだ」

彼は池の中に土を蹴り入れた。金魚はまたささーっと姿を隠した。むしゃくしゃしはじめたのは、最近、ソープに行っていないからだなと思い、久しぶりにソープのエリナちゃんのところにでも行こうかと、彼は考えた。そんなイチロウの姿を、金魚たちは上目遣いの三白眼になって、どろーんとした池の中から眺めていた。

まめな人

ジンジロウは会社を退職してから、妻から家事一切を奪い取った。最初は、

「また、そんなことをいって」

と相手にしていなかった妻だったが、何日かたって、彼が本気だったのがわかると、

「いい加減にして下さいよ。私、暇でたまらないんですから」

と彼から家事を奪還しようとした。

「だめだ。おれは会社をやめたら、家事をすると決めていたんだ」

ジンジロウはきっぱりといいきった。

「私は結婚してから三十五年、ずっと続けてきたんです」

妻は情けなさそうな顔をした。

「だからもういいじゃないか。おれは前々から会社をやめたら、家事をやりたいと思っていたんだ。お母さんも暇だなんていわないで、どんどん外に出ていけばいいじゃないか。遊びに行ってこいよ」

ここで家事の楽しみを奪い取られてはならじと、彼は必死に抵抗をした。それを見た妻は、

「なんでこんなことに……」

とつぶやきながら、それ以上は何もいわなくなった。

（よしっ）

自分の勝利を確信したジンジロウは、それからますます家事に励むようになったのである。

彼は毎朝、五時前に起きる。起きるというよりも目が覚めてしまうといったほうがいいかもしれない。隣で寝ている妻を起こさないように、そーっと布団を畳んで押入れに入れる。そして着替えてから妻のお古の花模様のエプロンをつけ、階下に降りて窓やシャッターを開けるのである。庭に面した廊下のどんづまりの戸から、順番に作業をはじめる。そこには娘のミヤコの部屋がある。カーテンのドレープもきちんと整え、ホルダーにとめていく。庭の木々を通ってくる風は、春夏秋冬、それなりに風情がある。そしてその場所の戸を開ける頃、妻がのそーっと起きてくるのだ。爆発した髪の毛を撫でつけながら、ジンジロウに近づいてくる。

「おはようございます」

「おお、おはよう」

妻も窓を開けるのを手伝う。最初は、

「そんなことをしないでいい」

といっていたのだが、妻は意固地にそれだけはやろうとする。それを見たジンジロウは黙認するようになった。これくらいはやらせてもいいだろうと判断したからであった。

その日、いつものように彼は、廊下のどんづまりの戸から勢いよく開けはじめ、ふと足元を見ると、廊下には土がたくさん散らばっている。

「なんだ、これは」

スリッパの裏を見ながらいうと、妻は、

「ミヤコじゃないんですか。また酔っぱらって転んだか何かしたんじゃないのかしら。困ったわねえ。三十過ぎてまだこんなことをしてるんじゃ」

とため息をついた。彼女がそういっている間に、がーっと土を吸い取りはじめた。

「ちょ、ちょっと、そんなこと、あとでいいじゃないですか」

妻が注意してもまったく耳を貸さない。彼は黙って掃除機を前後に動かし続けていた。そのとき、

「うるさいわねえ」

と、寝起きの妻と同じように髪の毛を爆発させたパジャマ姿のミヤコが、ドアを開けて怒鳴った。

「少しは静かに寝かせてよっ」

彼女はばたんと音をたててドアを閉めた。

ミヤコはジンジロウが家事をすることに、反対している。母のお古のエプロンを嬉々《きき》として身につけているのもいやだし、とにかく家族の都合を無視して、何でも強引にやろうとするからだった。

「ミヤコが寝ているんだから、掃除はあとでいいじゃありませんか」

妻がそういうと、ジンジロウは、

「酒を飲んで遊んで帰ってきた奴に、どうして気を遣わなくちゃいけないんだ。ここの窓からいちばんいい風が入るから、窓開けはここからはじめなくちゃだめなの。ミヤコのことはほっときなさい」

と意に介さない。そのうえ鼻歌まで出て上機嫌なのである。

「そうだ、あそこに生えていた草を抜かなくちゃ。雨が続くとさすがに雑草がぐっと伸びてくるなあ」

彼が指さすほうを見て、

「そうねえ」

と生返事をして、ふとジンジロウのほうを見たら、すでに彼はいなかった。

「あら……」

きょろきょろすると、すでに彼は長靴を手に、庭に降りる準備をしていた。そして腰をかがめて草を抜きはじめたのである。

とにかく彼は目についたことは、すぐにやらないと気が済まない。庭の草取りといっても、全部をやるわけではなく、気になった場所だけちょこっとやると、彼は満足そうに帰ってきた。そして、次にたたたたっと軽やかな足音で二階に上がっていき、これまた妻がしていた胸まであるエプロンにつけ替え、台所に立つ準備に入った。それを眺めていた妻は、廊下の籐椅子に腰をかけたまま脱力した。

ジンジロウは大手企業の広報部に勤務していた。現役のときでも、身の回りのことは自分でやり、休みの日には靴磨きをし、料理を作った。手がかからない夫ではあったが、まさかここまでになるとは想像もしなかったのである。

妻と娘が、

「会社をやめたらどうするの」

と聞いたこともある。するとジンジロウは、

「やりたいことは山ほどある」

といった。もともと深く物事を考えず、明るく軽く生きてきたジンジロウではあったが、それでも長い間勤めていた会社をやめるとなると心配もあった。

「初老性の鬱病《うつびょう》って増えているんですってね。お父さん、大丈夫かしら」

妻が心配すると、

「それは仕事に一生懸命だった人の話だろ。おれはそうじゃなかったから大丈夫だ」

と気にもとめていない様子だった。

夫が毎日、家にいるというのは、妻にとっても一大事であった。口には出せないが、

(今までどおり、元気で毎日どこかに行ってくれないかしら)

と妻は願っていた。ところが彼の口から発せられたのは、

「家事はおれがやる」

という爆弾宣言だったのである。

「たしかにお父さんはまめだけどさ、あれは仕事の合間の趣味みたいなもんでしょ。それが毎日となったら、飽きるに決まってるって」

娘はそういって笑った。ところが一年たった今でも、ジンジロウには飽きる気配がまったくない。それどころかどんどん明るくなり、張り切っている。毎日が楽しくて仕方がないといった感じなのである。

「お母さんのエプロン、あれだけはやめて。ハゲに花模様は似合わないって」

娘は呆れ半分にいった。そういえば家事もやめるのではないかと思ったからだ。しかしジンジロウは、

「ふん」

と気にもせず、

「もったいないから」

と妻のお古のエプロンを身につけ続けた。

「これを見ると、お母さんのこれまでの人生が愛《いと》おしくなる」

などといったりして、妻を苦笑させたりした。それが効いたのか、父の日に妻が男性用のエプロンをプレゼントすると、

「おお、これはいい」

と大喜びで身につけていた。そのうえ、その格好で平気でスーパーマーケットに買い物に行った。近所の人々が、

「お買い物ですか」

と笑いをかみ殺しながらいうと、彼は、

「そうです。父の日に妻がこのエプロンをプレゼントしてくれました」

とうれしそうに話し、

「ご円満でけっこうですわねえ」

といわれると、

「はい、おかげさまで」

と胸を張って歩く始末であった。

とにかく買い物も、二人で行くことはあっても妻にはまかせない。近所の人からは、

「ご主人、特売のナスを山のように買っていらしたわ」

などといわれると、妻は顔から火が出そうだった。

自分で買い出しに行き、ジンジロウは朝昼晩の三食を作る。最初は娘のお弁当まで作ろうとしたのだが、彼女の必死の抵抗にあって断念せざるをえなかったのが、彼の心残りであった。ジンジロウは窓開けが終わったあと、妻が所在なげにしているのがわかっているので、さっと新聞を取ってきて、

「これでも読んでいなさい」

と渡す。渡されても興味のある記事しか拾い読みしない妻は、あっという間に読み終わってしまう。するとあとはテレビを見るしかない。ただぼんやりと椅子に座って眺めているだけである。台所からはいい匂いが漂ってくる。

「何か手伝うことは」

と声をかけるのだが、

「ない、ない、何もない」

ときっぱりといわれ、すごすごと戻るしかない。

「何もやることがないんだったら、散歩にでも行けば」

といわれるので、ぐるりと近所を歩いたこともあった。しかしこれも十分ほどで終わってしまう。家に戻ってもやることがないので、テレビを見るだけである。妻は、

「ここ一年で三キロ太ってしまったのは、お父さんが私の仕事を奪ったからですよ。どうしてくれるんですか」

とジンジロウに訴えた。すると彼は、

「太ったんだったら、運動すればいいじゃないか。ソシアルダンスとか、ウォーキングとか、中高年向きの運動はたくさんあるぞ。今まで外に出ることなんてほとんどなかったんだから、これからはどんどん外に出たほうがいいんだ」

と励ました。

「そうねえ」

といちおうはいいながら、妻はどこか騙されたような気がしていた。

朝食ができると、

「できたぞ」

と声をかける。声をかけてもミヤコはまだ寝ているので、妻が食卓につくだけである。目

の前に並んでいるのは、御飯、納豆、海苔、きんぴらごぼう、味噌汁、出し巻き卵、グレープフルーツといった朝食である。そこで夫婦で朝食を食べるのかと思っていると、ジンジロウの姿はない。彼が何をしているかというと、またたたたたっと二階に上がっていき、自分と妻のパジャマや枕カバー、シーツなどを回収してきた。

「ほい、ほい、ほい、ほい」

足取り軽く、ジンジロウは降りてきた。そして手にした妻のパジャマを見せ、

「布団、上げておいたから。それと、これ、二日着ただろう。洗っておくから」

と洗濯機が置いてある洗面所に消えていった。ジンジロウは昼間の情報番組で、パジャマなどは清潔に、夏場は毎日、それ以外の時期でも二日ごとに洗ったほうがいいというのを見て、こまめに洗うようになったのである。

「お父さん、御飯は……」

「まだやることがあるから、先に食べてて」

そういわれても妻は手をつけずに待っている。すると洗濯機のセットを済ませたジンジロウがやってきて、

「まだ食べてないのか。冷めるじゃないか」

と責める始末だった。

それから二人であっあだこうだと雑談をしながら食事をしていると、終わった頃にもそーっと娘が起きてくるのだ。

彼が家事をするようになってから、ことごとく娘とは衝突した。「かっこ悪い」「変」といわれ続けることにも耐えた。休みの日、娘は洗濯機を回しながら、

「あーあ、お母さんが家事をしていたら、私がこんなことをしなくても済むのに」

とぶつぶつ文句をいった。

「お父さんが洗ってやるっていってるじゃないか」

そのとたん娘はものすごい顔でジンジロウをにらみつけ、

「いやらしいわね。信じられない」

といい放った。

(いやらしい?)

ここで引き下がっては父親の沽券《こけん》にかかわると、ジンジロウは、

「だいたい、三十を過ぎて、これまで母親に洗濯をさせていたほうがおかしいんじゃないのか」

といってやった。娘はぷいっと横を向き、三日間、口をきかなかった。会社をやめてから娘と不仲になったのが、ジンジロウにとっては悩みといえば悩みであった。

娘の食事が済み、彼女が仏頂面で着替えのために部屋に戻ると、ジンジロウはすぐに皿洗いにとりかかり、きれいに拭いて棚にしまう。妻はお湯を通したあと、とりあえず食器かごに入れておいて、自然乾燥させていたのだが、彼は、

「見苦しい」

といってさっさとしまう。そんなにしなくてもという言葉が喉元まで出かかるのだが、それをぐっと妻は飲み込んで、何もかも見ないことにしている。台所関係が終わると今度は、洗面所に直行して洗濯物を干す。庭の物干しのところに行って、干す前にちゃんと棹《さお》を雑巾できれいに拭くのである。自分の物はもちろん、そんなことはしなくてもいいというのに、妻のパンツも洗って干す。一度、妻のパンツを干しているところを近所の奥さんに目撃されて、ぎょっとされたこともある。妻があせってもジンジロウは、

「ほっときゃいいじゃないか」

と相手にしない。近所の人々が、

「ハゲ頭で花模様のエプロンをしたおやじが、妻の大きなパンツを干していた」

と、面白おかしく噂しているのではないかと、恥ずかしくて外に出られなかった。

実際、妻は一歩も外に出る必要はなかった。外回りの掃除も一日、二回、ジンジロウがやった。自分の家の前だけではなく、無礼な犬の飼い主が、犬の落とし物を路上に置いたまま

にしているのを見るや、ささっと行って片づける。

「本当にご主人はまめねえ」

そういわれる妻は、誉められているんだかばかにされているんだか、いったいどっちなんだろうと、疑うようになってしまった。

「行ってきます」

娘は重点的に妻だけにそういって出勤していく。

「行ってらっしゃい」

その声を聞きつけ、ジンジロウは大声で叫んだ。

「お父さん、この頃、声が大きすぎますよ。ご近所に聞こえるじゃありませんか」

妻はよっこいしょと立ち上がり、庭に面した戸によりかかりながら、夫に話しかけた。

「そうか？　そんなことはないだろう」

「ありますよ。そばで話をしていると、耳が痛くなることがあるわ」

「大声を出すのはいいことだ。腹から声を出すと健康になる。みのもんたもそういってただろう」

「そうでしたっけ」

「たしか、そうじゃなかったか」

「知りませんよ、私は」

妻が呆れてその場を離れると、背後から、

「はっはっはっはっはあー」

という大声が聞こえた。驚いて振り返ると、天を仰いで大声を出している夫の姿があった。それで調子が出てきたのか、両手を大きく広げ、腹の底から、

「はっはっはっはっはっはあ」

とさっきよりも大きな声を出した。近所で犬が、

「きゃんきゃん」

とヒステリックに鳴きはじめたのが聞こえてきた。妻はそそくさと姿を消して、何も見なかったことにした。

室内に入ってきたジンジロウは、うろうろしている妻を見て、

「散歩にでも行ってきたらどうだ。掃除をするときに邪魔なんだよ」

といった。

「はいはい、わかりましたよ」

家を出るのを確認して、ジンジロウは掃除機を下げ、二階に駆け上がっていった。

「ふんふ、ふんふ、ふーん」

石原裕次郎の「錆びたナイフ」も鼻歌で出てきて上機嫌である。

「おっ」

ふと見ると、妻が寝室の椅子にかけておいたカーディガンのボタンがとれかけている。

「はい、はい、やりましょう、やりましょうよ。ボタンつけね」

ジンジロウは、おかきの空き缶を利用した裁縫箱を持ってきて、器用にボタンをつけ直した。老眼では糸通しが難しいのだが、手芸店で糸通し機を見つけてからは、それも楽ちんになった。

「よしっ」

ジンジロウは満足感でいっぱいだった。料理を作ると娘は反抗的だが、妻はいちおう残さず食べてくれる。掃除、洗濯でいろいろな物や場所がきれいになる。あれをやってこれをやってと、頭の中には次々とやらなければならないことが浮かんできて、ぼーっとする暇もない。

「ボケ防止にぴったりだ、家事は」

ジンジロウはまた掃除機のスイッチを入れ、がーっとほこりを吸い取った。幼い子供がいるわけではないから、毎日、掃除機をかける必要はないのに、ジンジロウはかけないと気が済まない。

「はい、できあがりい」

掃除機を下げて一階に戻る。朝方掃除したはずの娘の部屋の前の廊下も、もう一度、掃除をする。ふと見ると雨がぱらぱらと落ちてきた。

「おっ、お母さん、傘を持っていったのかな」

あわてて玄関に行って傘をチェックすると、持って出た気配はない。

「おっと、こりゃ大変」

ジンジロウは傘を持って、妻がどこに行ったのかもわからないのに、家を飛び出していった。偶然、遠くのほうから見覚えのある体が歩いてくるのが見えた。

「おーい、おおーい」

ジンジロウは妻に向かって、傘を振った。

雨はぱらぱらきてはいるが、それほどでもない。その姿を見た妻は思わず、

「あーあ……」

とつぶやいた。しかしそんなことに気がつくわけもなく、ジンジロウは目ざとく妻を見つけたうれしさでいっぱいになり、傘を持って妻のほうへ小走りに駆けていった。

ケチな人

イマダカネオ五十三歳の趣味は金を貯めることだ。サラリーマンであるから、どんなに働いても収入は決まっているので、とにかく出費を抑えることに、命を燃やしていた。他に趣味はない。彼の両親もまたケチであった。子供にカネオという名前をつけるほど、人生の中でカネがいちばん大事と考えていた。幼い頃、親類のおばさんに、

「本当にあんたの親は、もったいないからって舌も出さない」

といわれたことがあった。カネオの両親はカネを出すのは大嫌いだが、もらうのは大好きな性格だったので、特に冠婚葬祭では揉めていた。近所に不幸があったときも、いちおう焼香には行くが、香典は出さない。親類に不幸があったときも、出さないのである。

まだカネオが小学生のとき、父方の叔母がやってきて、父をなじっていたのを覚えている。

「他の場合ならともかく、お母さんの葬式なんだよ」

それを聞いている父は、煙草をふかしながら知らんぷりをしていた。隣の部屋から聞き耳をたて、二人の話を総合したところ、祖母の葬式が二週間ほど前にあったのだが、どうやらその費用を子供四人で負担することになったのに、父だけが金を出さなかったようなのであった。とりあえず父の兄である伯父が立て替えたのであるが、

「それでいいじゃないか」

とそれっきりにしようとした。伯父の命をうけて、叔母がやってきて、

「立て替えてもらった分を、お兄さんに支払え」

と怒ったのである。

最初、父はのらりくらりと返事をしながら、

「でも……うちも苦しいし」

とか、

「兄ちゃんが立て替えたんだったら、全部、終わったんだろ。長男だしそういう責任はあるだろ」

などといっていた。父は普通の勤め人で、高給取りではなかったが人並みには生活ができていた。伯父や叔母たちの生活も、裕福ではなかったがごく普通に生活をしていた。その中で彼の父だけが、自分の母親の葬式代をばっくれようとしていたのだ。

静かに話をしていた叔母も、父の態度を見て、目がつり上がり、

「ずるい」

といいはじめた。そういわれても彼は、

「でもなあ、もうそれで済んでるし。兄ちゃんが払ったっていうことは、それだけ余裕があ

るっていうことなんだろ。おれんとこには余裕がない」

といい、

「余裕がないのは私たちだって同じだよ」

と食い下がる叔母に向かって、

「ないもんはない」

と繰り返した。

「お義姉《ねえ》さんもなんとかいってよ。こんな話が通るわけがないでしょ」

叔母は母に訴えた。すると父に負けず劣らずケチな母は、

「でも、うちの人がいったとおり、うちも苦しいから」

と父の味方をした。

「だから苦しいのはみんな同じだっていってるの。子供が一人だけなんだから、少なくとも他の家よりは楽なはずじゃない」

たしかに長男のところには三人、叔母たちのところには二人ずつ子供がいた。彼女は二時間ほどねばっていたが、父がまったく支払う意思がないのがわかると、

「そんなの、話が通るわけないじゃない」

とぶつぶついいながら、足音荒く帰っていった。そんな叔母の姿を見ても、両親は、

「よかった、よかった」

と胸を撫でおろしていたのである。

それからカネオの家には、親類の誰も遊びに来なくなった。それでも両親は、

「人とつき合うと金がかかる」

といって、気にしていないようだった。

カネオの学生時代の学校の成績がよかったのも、とにかく学費がからんでいた。教育費まで両親は削ろうとしていた。どういう勉強をするのかという問題ではなく、いかに学費が安い学校に入るかというのが、カネオに課せられた運命だった。昔は塾などはないから、必死に勉強した。それも夜は電気代がかかるというので、勉強をするのが許されなかった。

「暗くなって勉強したくなったら、友だちの家に行ってやれ。できれば晩飯もそこで食べてこい」

これが親の命令であった。

一人息子のカネオは、おとなしくそれに従った。運よく同じクラスに、耳が遠いおばあさんと二人暮らしの同級生がいて、カネオはむりやりに仲よくなって、その家に入り浸りになり、晩飯やあるときは夜食までもご馳走になった。おばあさんのほうはいつもにこやかに迎えてくれたが、同級生のほうがカネオの行動に不審を抱き、ひと月もたたないうちに、

「もう来るな」

といわれてしまった。家に戻ってそう報告したら、両親は口をそろえて、

「ケチだなあ」

といった。そして、

「他に適当な友だちはいないのか」

と新しいターゲットを探せとカネオに命じた。しかし彼が他の同級生にカネオの行動を話したため、カネオが、

「あのさあ」

とすり寄っていくと、

「お前、人の家に晩飯めあてに来るんだってなあ」

といわれるようになった。それも家に帰って報告すると、

「いいじゃないか。友だちとつき合うと金がかかるからな。そんなことをいう奴は放っておけ」

と父はいった。しかしそうはいいながら、

「どっかで飯は食ってこれないか」

と聞く始末であった。そして遅くても夜十時には電気を消して寝る習慣なので、とにかく

その間に、勉強はすべて終わらせなければならなかった。

カネオの家の食事は、毎日ほとんど同じだった。朝は御飯、味噌汁、漬け物、晩は御飯、漬け物で、目刺しが父は二本、母とカネオは一本ずつだった。それに週三回、野菜の煮物がつくといった粗食だった。食べ盛りのときに御飯の三杯目をおかわりしようとすると、

「我慢しろ」

といわれた。運動部に入るとお腹が減って食費がかさむと親から禁止されたので、カネオは何もせずに、学校から家に戻る生活を送っていた。その当時から趣味などなく、ただ勉強ばかりをしていたのである。そんな生活でも家族三人が病気にならなかったのは、もともと体が丈夫だったからだろう。

「肉や魚は人におごってもらえ。そのときにたくさん食べて、食いだめをしておけ」

これも両親の教えであった。しかしカネオは友だちの家に呼ばれることがほとんどなかったため、食いだめする機会はなかった。大学にも通う必要はないと両親はいったが、高校の担任が、

「国立大学に入学できるから」

と両親を説得した。

「国立に入れなかったら、就職させるからな」

父はいったが、カネオは国立の大学に現役で合格した。学校に行きながら、夕方から食事が支給される飲食店でアルバイトをはじめた。母が少しでも食費を減らしたいと目論んで、

「どこかいいアルバイトを見つけてこい」

と命令したのだ。

「学費も自分で稼ぐように」

といわれたが、

「それをしたら学校に通う時間がない」

とカネオが反論したので、しぶしぶ両親は納得した。ケチなくせに見栄は張りたがるので、カネオが退学になるのは、彼らにしても困ったことなのであった。

就職するときもいちいち、

「そこは給料はいくらだ」

と両親は聞いた。それを聞かれて、給料はよければよいほどいいと思っていたカネオは、会社を選ぶのにも給料のよさを基準にした。ところが給料がいいところは軒並み落ちてしまい、まあごくごく普通の一般的な初任給の会社に就職することになった。両親は貯金通帳を二人で眺めながら、

「これだけ利子がついた」

と喜ぶ日々を送っていた。カネオに見せて、

「どうだ、すごいだろう」

と自慢をした。たしかにすごい金額が貯まっていたが、住んでいる家はあちらこちらが傷み、すきま風が通るようなところには家具を移動させたり、布きれをすきまに突っ込んだりしていた。

カネオが二十代の半ばになると、両親は、

「金持ちの娘をひっかけてこい」

と命令した。彼もそれがいいとは思ったが、なかなか金持ちの娘とは知り合えない。

「女は顔じゃない。実家の資産で選べ」

父は張り切っていたが、カネオが知り合うのは顔はそれほどでもなく、資産もない家の娘ばかりで、両親の思うとおりにはいかなかった。入社するとすぐに、カネオはケチだと同僚が認めた。とにかく上司がおごってくれるような場には率先して行くが、同僚と割り勘になるような場には、絶対に行かない。結婚式はすべて欠席。お祝いは絶対に贈らない。会社の忘年会など、会費制の場合は本当にしぶしぶ支払うが、その分、山のように飲み食いし、ぶっ倒れるのが常であった。

「とにかくケチ」

というのが同僚のカネオに対する印象であった。

そんな彼に対して、

「金銭感覚がしっかりしている」

と憧れたのが、人のお金も自分のお金も数えるのが大好きという、経理担当のツネコだった。ツネコはカネオよりも三歳年上だった。若い女性社員三人をいびるので、彼女たちにとって目の上のたんこぶという存在でもあった。そしてカネオと結婚して退職することになったとき、数少ない女性社員たちは、

「イマダさんが、はじめて私たちが喜ぶことをしてくれた」

と抱き合ったのであった。

カネオとツネコはケチで一致していたため、トラブルはほとんど起きなかった。両親はツネコが年上であることと、資産があるような家の娘でないことに難色を示したが、とりあえずカネオが出ていけば、彼の分の食費も減るということで納得した。カネオとツネコは相談をして、結婚式はしないつもりだった。今度はそれに、ツネコの両親が難色を示した。彼女は一人娘だったこともあり、親類を招いてこぢんまりしたものであっても、式を挙げてやりたいと考えていた。しかしツネコ自身が、

「そんなことに無駄なお金を使う必要はない。親類への結婚の挨拶は、ハガキですればい

い」

と自分の意見を押し通した。そして両親が貯めていた雀の涙ほどの結婚資金を、ちゃっかりともらってしまったのである。

住居も最初はツネコの家に同居することにした。ツネコが、

「両親が私が出ていくと寂しがるし、家賃もいらないからちょうどいいじゃない」

と提案したのである。カネオは少しでも出費が少なくなるのならばと、自分の荷物をツネコの家に運んだ。ツネコの両親はいちおうは喜んだが、合点がいかないふうで毎日を送っていた。娘夫婦が一銭も生活費を入れないからであった。二人分の生活費をくれと母がいうと、ツネコは、

「何いってるの？　実の娘から生活費を取る気？」

と反撃した。

「人数も一人増えているのだし、そんなことは筋が通らない」

と叱っても、ツネコはがんとして財布の口を開けようとはしなかった。ツネコがカネオに相談すると、

「とにかく金を出さないで済むようにがんばれ」

と激励した。ところがツネコの両親の怒りはおさまらず、矛先はカネオに向けられた。

「ろくでもない婿が、かわいい娘に入れ知恵をしている」

というわけである。

「いつまでも女房の家に厄介になっているっていうのは、どういうもんかねえ」

などといやみをいわれ続け、カネオも金を出さないで済むならば、どんな我慢でもするつもりだったのだが、連日のいやみ攻撃で、もう同居は無理だと判断した。そして夫婦で身を切られる思いで貯金を引き出し、アパートをみつけて引っ越したのだった。

二人はものすごく損をし、人生の敗北者のような気持ちになった。お互い、はじめて支払った大金であった。ツネコはぶつぶつと自分の両親に対して文句をいい、カネオも一緒になって不満をいった。

「子供に金をくれない親なんて、どうしようもないわよね」

ツネコはもうあんな親とは縁を切ると息巻いた。それを聞いたカネオは、

「うちの両親は、つき合う人間が多ければ多いほど金が出ていくから、友だちも少ないほうがいいっていってたぞ」

と慰めた。

「それはそうだわ」

ツネコは納得してうなずいた。その後、公団住宅に当選し、安い家賃で入居できるように

なったとき、二人は涙を流さんばかりに喜んだ。散髪代ももったいないので、ツネコが切っていた。しかしもともと不器用なものだから、洒落たカットなどは到底できない。彼女ができるのはただのぶつ切りだけだったので、カネオの結婚してからのヘアスタイルは、ずーっとおかっぱだ。ケチでつながったツネコとカネオは、二十七年間、とにかく舌も出さないケチケチ生活を続けてきたのであった。

ツネコも趣味がなく、貯金通帳の金額が増えることだけが楽しみだった。子供もできなかったので、夫婦二人、いつも夕食後に貯金通帳を眺めて、にやにやするのがいちばんの楽しみになっていた。利率がいいときには、少しでも利息を増やそうと、ツネコは郵便貯金と銀行預金を作り、利息がつく日に合わせて、郵便局に入れたり、また銀行に預け直したりをこまめにしていたが、利率が下がってからも、飽きもせずに利息表をチェックしていた。

相変わらず、夫婦は冠婚葬祭には極力出席しなかった。招待を受けて、いちおう行くと返事をしておくのだが、直前にいつも体調が悪くなったとキャンセルした。お祝い金は一切、払わない。ツネコには親が作ってくれた礼服があるが、カネオは持っていない。どうしてもそういう場に出なければならなくなったら、どこからか借りればいいと考えていた。会社のつき合いで、カネオは取引先の葬式に出なければならないこともある。そういうとき彼は、朝いつもより早めに出て、会社の男性用ロッカーを、ひとつひとつ調べていった。上司や同僚の中には準備のいい人がいて、何かのときの用心にと、礼服と白と黒のネクタイを、ロッカーに入れていたりする。すると彼は葬式に出る可能性のない人の礼服を内緒で持ち出した。サイズが合わないぶかぶかの礼服を、カネオは平気で着た。あるときはぴっちぴち、あるときはぶかぶかだった。そして記帳をしても香典を出さないので、あっけにとられている受付の人を無視して、彼は斎場に入っていった。そして式が終わったあと、クリーニングも何もしないまま、礼服をそーっと戻しておくということを繰り返していたのである。

カネオ夫婦の食事のメニューは、そのときのスーパーマーケットの特売商品によって決定される。一汁二菜が常である。外食も近所のラーメン屋の、月に一度のサービスデーにしか行かない。鮨もくるくる回るところにしか行かない。喫茶店にも入らないし、自動販売機で缶飲料も買わないのだ。支払いが上司持ちとわかっているときは、カネオは積極的に参加し、余った料理はすべて持って帰った。余りそうにないときは、こっそり追加で注文して、むりやりに料理を余らせる。それが妻への何よりのみやげであった。また、運動会など家族が出席するような場で、豚汁やお菓子が振る舞われるときは、ツネコも元社員という名目で、これまた積極的に参加して、余った物を全部もらってきた。それをまた家で食べるのが、二人の楽しみでもあった。とにかく自腹を切らない生活が、最上の喜びであった。

カネオが若い頃はまだそれでもよかったが、だんだん歳を取るにつれて、部下におごってやらなくてはならなくなる。そんなことなど死んでもしたくない彼は、仕事が終わるとそそくさと会社を後にした。彼がケチなことは知っているので、誰もおごってもらいたいとは思っていないのだが、部下が、

「たまにはおれたちにおごって下さいよ」

とからかう。すると彼は真顔になって、

「いやあ、今日は都合が悪くて。また今度な」

といってあわてて姿を消す。そしてその「今度」は絶対にないのである。

カネオが着ている服も、何十年前から着ているのかわからないような代物だ。すでに漂白剤もきかず、黄ばんだワイシャツを着ているのを、さすがに同僚から見とがめられた。

「誰に迷惑をかけてるわけじゃなし」

破れてもつぎを当てて着続けるのが、イマダ家のやり方だった。黄ばんでいるくらい屁でもないのである。ネクタイも三本しか持っておらず、そのうちの一本は、道路に落ちていたのを拾った。栄養状態がいまひとつなのか、夫婦は中年太りとは縁がない。安物のズボンの尻の縫い目が裂けたのを、ツネコが裏から黒い布きれを当ててかがっているが、不器用なものだから、つぎを当てたのがまるわかりになっている。社員の失笑をかっているのだが、彼は頓着していない。風が強い日に洗濯物が飛ばされていたりすると、必ず近寄ってチェック

する。そして赤ん坊や子供の物以外は、何でも鞄に入れて持って帰る。特に婦人物を持って帰るとツネコが喜ぶので、強風の日は何か落ちていないかと、探すようになった。

下着は外から見えないので、二人のパンツは共用である。それを思いついたのはツネコだった。

「あんたは前が開いてないと困るだろうけど、私は平気だから」

とトランクスを穿いている。それは結婚して五年ほどたってからはじまり、共用にしてかれこれ二十年くらいたつ。パンツも破れても捨てない。ツネコがズボンと同じように、裏からあて布をして、ぐしぐしと縫う。そうするとまた何年間か穿けるのだ。

「あんた、見て」

ツネコが満面に笑みを浮かべて、会社から戻ってきたカネオに通帳を見せた。都内の大きな家が即金で買えるくらいに貯まっている。

「おおっ」

カネオの目は輝いた。

「会社でこれだけの預金を持っている人間なんていないわよ」

妻は印字された数字の桁《けた》を、何度も確認した。

「ああ、素晴らしい、す、ば、らしーい」

彼は妻の手から通帳をひったくり、あらためて八桁の数字を眺めた。そして足元からじわじわと深い喜びがわきあがってくるのを感じ、これからもがんばろうと心に決めたのであった。

臭い人

「お父さん！　ちゃんとお風呂に入ってるの？　信じられない」

会社から帰って靴を脱ぎ、スリッパに履きかえたとたん、ウエノマサハルは、二階から降りてきた高校一年の娘、アユミにものすごい目つきでにらまれた。

「えっ、何が？」

「ああ、やだ、やだあ、もう。あっちに行ってよ」

アユミは鼻をつまみながら、ばたばたとダイニングキッチンのほうに走っていった。次に中学二年の息子のマサユキが降りてきた。

「うっ」

鼻を押さえて、こっちは無言でまた足早にキッチンに姿を消した。

「おかえりなさい」

妻のアサコが声をかけた。

「ちょうど晩御飯ができたところ」

妻はいつもと変わらない様子で、夫を迎えてくれた。

マサハルは二階の、廊下のどんづまりにある北向きの六畳ほどの広さの自室に行き、ジャージの上下に着替え、その日に着ていたワイシャツを手に、階段を降りていった。

すでに子供二人は食卓につき、テレビを見て、きゃあきゃあ騒いでいる。

「これ、クリーニングに出しておいて」

シャツを妻に手渡そうとしたとたん、アユミは、

「わっ、やだ、臭い」

といいながら、左手で鼻をつまみ、右手でマサハルに向かって追い払うようなしぐさをした。

「なんだ、その態度は」

「だって臭いんだもん。ねえ」

ねえといわれたマサユキは、くんくんと鼻を鳴らしながら、マサハルのほうに近づき、

「うっ」

とうめいたあと、顔をしかめてあわてて食卓の自分の席に戻った。

「一日汗をかいていたんだから、しょうがないじゃないか」

マサハルが弁解しても、子供たちは顔をしかめて、二人そろってマサハルを追い払うような手つきを続けていた。

「なんだ、父親に向かって」

手にしたワイシャツのにおいを嗅いでみたが、彼らがいやがるようなにおいは感じない。

「臭いなんて、そんなことはないよな」

妻にワイシャツを渡したとたん、妻は顔をしかめたものの、黙ってクリーニング店行きの衣類が入れてある袋にシャツを突っ込んだ。

「手を洗って、ついでに足もよ」

椅子に座ろうとしたマサハルに向かって、アユミが怒鳴った。

「手は洗うけどさ、どうして足まで……」

「どうでもいいから、早く足を洗ってきて。これから御飯を食べるっていうのに、食欲がなくなっちゃうわ」

「なんでだよ」

娘に命令されて、仕方なくマサハルは風呂場に行った。

ジャージを膝下までまくりあげ、ポンプ式のボディソープを両足の甲に落とし、甲と足の裏で交互にこすり洗いをした。手もしつこいくらいに洗ってやった。

食卓に戻ると、夕食が食卓の上に並べられていた。焼いた肉と煮た魚、それに野菜サラダ、納豆、漬け物、味噌汁といったメニューだ。自分が席につかないのに、娘たちは勝手に食べている。こういう態度に腹を立てたこともあったが、今はしょうがないとあきらめている。

妻はマサハルが戻ってくるのを待っていた。

「いただきます」

夫婦は箸を取り、御飯を食べはじめた。そういう態度を見ても、アユミは何とも思わないらしく、目はテレビに釘付けだ。見ると彼女だけが味噌汁ではなく、お湯をそそいで簡単にできるコーンスープを作って飲んでいる。

「どうしたんだ、それ」

アユミはテレビを見つめたまま、何もいわない。

「お味噌汁がいやだっていうの。臭いんですって」

妻が代わりに答えると、アユミはテレビに目をやったまま、いい放った。

「そっ。納豆も大嫌い。あんな物が食べられるなんて、信じられなーい」

納豆が入った器に手を伸ばしたマサハルは、思わずアユミをにらみつけた。御飯にたらーっと納豆を垂らしたのに気がついたアユミは、

「わ、臭い。やだ、もう。信じられなーい」

といやみったらしく叫んだ。

「うるさい、黙って食え」

マサハルは怒鳴りつけた。彼の次にマサユキが納豆の器に手を伸ばすと、

「あんたまで？　やだー」

と軽蔑の眼差しで見た。いただきますもいわないし、まるで女王様のような態度にかちんときたマサハルは、

「あとでゆっくり話したいことがあるから」

と怖い顔をして、アユミの目をじーっと見た。彼女は首をすくめたものの、またテレビに目が釘付けになった。

マサハルは「臭い」を連発する娘の発言を思い出して、だんだん腹が立ってきた。

（今日こそはふだんたまっていることをいってやる）

彼はそんな気になってきた。

夕食は終わった。アユミは煮魚にはまったく手をつけずに、御飯と肉とサラダとコーンスープを食べていた。

「どうして魚を食べない」

マサハルが聞くと彼女は、

「だって、変なにおいがするんだもん」

と口をとがらせた。

「臭い臭いって、何だあっ！」

再びマサハルは怒鳴った。

「お前はさっきから、臭い臭いっていって。いったいどういうことだ。傲慢な態度にもほどがある」

彼女もむっとした顔をした。しばらく二人は、無言で見合っていた。

「そうだよ。お姉ちゃん。この頃うるさいよ」

マサユキが口を挟んだ。

「あんたは黙ってな。関係ないでしょ」

しばらく二人で揉めていたが、勝ち目がないと悟ったのか、マサユキはリビングに避難した。

「とにかく、お前の態度はいかん。親に向かって臭いなどというし、いただきますはいわないし、昔はそんな子じゃなかったはずだ。おまけに流行だか知らないが、その真っ黒い顔はなんとかならないのか。お前は何人《なにじん》だ」

そういったとたん、マサユキはぷっと吹き出した。

「あんたはあっちに行ってなさいってば」

アユミは怒鳴った。それでもマサユキは、

「うっひゃっひゃっ」

と笑いながらリビングの床に寝っ転がった。

「お前は近頃、生意気だぞ」

マサハルが叱ると、アユミは、

「だってえ、お父さん、本当に臭いじゃん。臭いのを臭いっていって何が悪いのよ」

と目をむいて反抗してきた。

「臭い？」

「そうだよ、いつも臭いんだよ、ものすごく。靴なんか脱いだときなんか、吐きそうなくらい臭い。ずっと前から臭いんだよ」

きっぱりと娘にいわれて、マサハルはちょっとたじろいだ。

「そ、そんなはずは……」

「そんなはずはあるんだよ。だいたい、納豆とか漬け物とか魚とか、そういうものが好きだから臭くなるんだよ」

「それは関係ないだろう。お父さんが好きな物に文句をつけないでくれ」

「とにかく、臭いのは本当なの。本当のことをいって、どうして私が怒られなくちゃならないのさ。別にいただきますなんか、百万回いったっていいけどさ、臭いっていうのは本当なんだからね。そっちの責任だよ」

　マサハルは言葉に詰まった。妻が、

「抗菌の物を買ってるんだけどねえ。靴にもにおい消しの中敷きを入れてるのよ」

　とアユミに弁解した。

「抗菌の物を使って？　靴も？　靴下も？」

　妻はうなずいた。

「それでどうしてあんなに臭いわけ？　お父さん、自分で気がつかないんでしょ。はっきりいってすごいよ。長い間、自分のにおいに慣れちゃって、鼻が鈍感になってるんだよ。ねえ、お母さん。お父さん、臭いよね」

　妻はしばらく考えていたが、

「そうねえ、たまに臭いかなって思うときはあるわねえ」

　とつぶやいた。

「たまにじゃないよ。いつもだよ。いつも、く、さ、い、んだよ」

　そんなに力を入れなくたっていいじゃないかとマサハルは思った。

「若い頃からこんなに臭かったの？」

　娘の反撃は続いた。

「さあねえ、記憶はないけど。昔は今みたいに男性用の化粧品もないし、香水もないし、抗菌グッズもなかったし。たしかに汗臭い人はいたけど」

「お父さんのは汗臭いのとは違うんだよ。それとは別のなんかこう、おやじのにおいっていうの？　とにかく鼻が曲がるくらい臭いんだよ。私も今まで我慢してたけどさ、今日は今まででいちばん臭い！」

今夜が、マサハルにとって、一生でいちばんたくさん、「臭い」と罵《ののし》られた日になったのは間違いなかった。

今日は何をしたかと考えてみた。たしかに昨日と違って、気温は高かった。一日中、外を歩き続けて足がむれてしまった可能性はある。

「お父さんは一生懸命、働いているんだ。汗だってかくさ」

「だから臭いんだよ」

「どうして抗菌グッズが効かないのかしらねえ。下着もそうしてるのに」

臭いという娘と首をかしげる妻の間で、マサハルは弁解するしかなかった。

突然、アユミは席を立ち、鼻と口を覆いながら、ティッシュを手に持ち、玄関に置いてあった彼の靴を持ってきた。そして鼻先にぶら下げた。

「嗅いでみな！」

「それが父親に対する言葉遣いか」

かっとしたマサハルは靴を払いのけようとした。

「ちゃんと自分で嗅いでみなよ。どんなにおいがするか。私、嘘なんかいってないもんね」

彼は靴のにおいを嗅いでみた。たしかににおうが、それが臭いとは思えない。においを嗅いでも反応がない父を見て、アユミは、

「臭くないの？　ぜんぜん？　信じられなーい。絶対、鼻、いかれてるよ。病院に行ったほうがいいよ。ね、お母さん、嗅いでみ？」

いやがっていた妻は、おそるおそる靴に顔を近づけたが、そのとたん、

「わっ」

と小声で叫んで、右手で鼻に蓋をした。そして、

「目まで痛くなってきた」

と涙目になっていた。

「ほうれ、お前にも嗅がしてやろう」

アユミはそういいながら、靴をマサユキのところに持っていった。

「やめてくれえ」

逃げながらも、まだ子供の彼はちょっとうれしそうだった。そしてアユミに首根っこをつかまれ、無理やりにおいを嗅がされたとたん、

「ほら、ごらん。こーんなに臭いんだよ。人に迷惑をかけてるんだよ、お父さんは。足の臭さで」

「毒ガスだあ」

と叫んで、死んだふりをした。マサハルはむっとして椅子に座っていた。

「ううっ」

とうめいたあと、

「お、お前だって、あーんなに底のぶ厚い、ぴったりしたブーツなんか履いてるじゃないか。あれだって、相当臭いに決まってる」

「じゃあ、持ってきてあげるよ」

アユミは意地になっていた。

「二人ともいい加減にしなさい」

呆れた妻が仲裁に入っても、アユミは玄関から自分のブーツを持ってきた。

「ねえ、お母さん、私のは臭くないよね」

無理やり妻ににおいを嗅がせた。

「そ、そうね、においはしないわ」

「ほーら、私のは臭くないんだよーだ」

勝ち誇ったような顔だ。それを見たマサハルは悔しくなり、

「そんなはずはない。お前のだって臭いに決まってる」

といい放った。

「じゃあ、マサユキくん、お姉ちゃんのお靴のにおいを嗅いでごらん」

またまたいやがる弟を押さえつけ、においを嗅がせた。

「ううっ」

マサハルのときと同じように、彼は床に倒れ伏した。

(ほーらみろ、お前だって臭いんだ)

といってやろうと思ったとたん、彼は、

「うそだよーん」

と起きあがった。マサハルも半信半疑でブーツのにおいを嗅いでみたが、革のにおい以外はしなかった。がっかりした。父の威厳を見事に失墜した夜だった。

翌日、妻は、

「アユミはにおいに敏感なのよ。ちょっと視力が悪いでしょ。ああいう子はとっても鼻が利くのよ」

と慰めのつもりなのか、そんなことをいった。そんなことをいわれても、自分が臭いのは

間違いないらしい。黙っていると妻は、

「でも、臭いことは臭いかも」

と小声でいい、新しいワイシャツを置いてそそくさと姿を消してしまった。マサハルはきのうの昼、取引先の人々と、座敷で食事をしたことを思い出した。大事な会食だったのに、相手に臭い思いをさせてしまっていたら、どうしようかと少し不安になった。出がけに玄関で靴のにおいを嗅いでみた。すでに自分のにおいとなってしまっているので、臭いかどうかはよくわからない。続けて同じ靴を履いてはいけないと妻にいわれていたので、別の靴を履いて出かけた。

会社に行くと、部下でいちばん正直で人のいい男性を手招きした。昨日の会食にも彼を連れていったのだ。

「あのな」

マサハルは声をひそめた。

「はあ」

ラグビー部出身の彼は、ふだんは姿勢もよく、はきはきしているのだが、思わず大きな体を小さくし、小声で返事をした。

「おれの足って、臭いか?」

「はっ？」

彼は目をきょときょとさせていたが、ズボンのポケットからバンダナを出し、おでこを拭きはじめた。真剣な眼差しで聞かれ、彼は、

「あ、はい」

と返事をした。

「そうか……。きのうもにおったか？」

彼は黙ってうなずいた。

「まずいなあ。これはまずい。先方は不愉快になったりしてたかな」

「いえ、そんなことはないと思います。たしかに臭かったですけど、そばにエアコンもありましたし……。鼻というのはすぐにおいに慣れますから」

彼は汗を拭きながらいった。

「うーむ、そうか。自分ではわかんないんだけどなあ」

マサハルは真顔で腕組みをした。

「でも、しょうがないです。おれもラグビーやってたからわかるんですが、部室のにおいなんて、すさまじかったです。臭いとインキンが怖くて、ラグビーができるかっていうようなもんでした。毎日風呂に入って、靴に中敷きを敷いて、それでだめだったら、しょうがない

んじゃないですか。それ以上、何もできませんよね」

彼は必死に慰めているようだった。

「どうして臭いんだろう」

根本的な疑問をマサハルは持った。同じ物を食べているはずなのに、家族はそうではなく自分だけが臭くなる。

「汗かきは体質だから仕方がありませんよ。堂々としておられればいいんです。みんな部長の足が臭いのは知ってますから」

彼ははっとした顔になった。

「そうか、みんな知っていたのか……」

臭いにおいが漂っているのにもかかわらず、顔色ひとつ変えずに仕事をしていた部下たちの心中を察した。会社では疲れたときは靴を脱いで、サンダルに履き替えた。そのたびに臭いにおいをふりまいていたと思うと、身が縮む。

「ごめんね」

マサハルは小声であやまった。

「とんでもないっす」

彼は直立不動になった。

「おれ、どうしたら臭くなくなるか、情報を仕入れてきますんで、集まったらお知らせします」

　彼はきっぱりといった。

「ありがとう」

　彼のことをマサハルはとても頼もしく感じた。

　家に戻って、こそこそっと靴を脱ぎ、そーっと下駄箱に入れようとしたら、アユミに見つかってしまい、

「入れたらだめ。私たちの靴ににおいが移るから、だめったらだめ」

　と怒鳴られた。彼女は冷たい目をして、リビングに姿を消した。スリッパを履く前にマサハルは立ったままの姿勢で、左足を両手で持ち、腰をかがめて足の裏のにおいを嗅ごうとした。そのとたん、バランスを崩して玄関に転がり落ち、閉まったドアにしたたか頭をぶつけてしまった。

「あたたたた」

　物音を聞いて出てきたアユミは、そんな父の姿を見て、心配するどころか、

「何やってんの」

　と冷たくいい放った。そして頭をさすっている父に向かって、右手に持ったレシートをぐ

いっと差し出した。

「消臭スプレーのお金。買ってきたからちょうだい」

左手には、スプレーが握られている。

「そんな余計なことはしなくていい」

「余計なことじゃないよ。大事なことだよ。ああっ、今日も臭いっ」

そういいながらアユミは、マサハルに向かってシューッとスプレーを噴きかけた。

「こら、やめなさい。やめないか」

アユミはひとしきり、足の裏めがけてスプレーを発射したあと、

「お金、ちょうだいよ」

といって姿を消した。マサハルの頭はじんじんと痛い。好きで足が臭いわけじゃないのに、どうしてこんな思いをしなければならないのだ。

「ふ、ふざけんなあっ。おれはハエじゃないぞっ」

精一杯大声を出したつもりだったが、聞こえているのかいないのか、家族の誰もマサハルのところには、やってこなかった。

ひとりの人

妻のワカコがくも膜下出血で亡くなった後、ゲンタロウは放心状態だった。まさか十歳年下の彼女が、先に逝ってしまうとは、想像もしていなかったのである。二人が並んだときも、どちらが先に亡くなるかと聞いたら、百人が百人、痩せぎすのゲンタロウのほうを指さすくらい、彼女は健康体に見えた。多少、太り気味ではあったものの、特に身体の不都合を訴えるわけでもなく、いつも明るく元気でけらけら笑い、近所の奥さんたちとカラオケをやるのが、唯一の楽しみだった。

二人には子供がいない。一度、流産してから、妊娠する機会に恵まれなかった。ゲンタロウはそれはそれで仕方がないと思っていた。子供がいるにしてもいないにしても、それなりの人生があるだろうと考えていたのである。子供がいないせいもあって、ゲンタロウと妻は仲がよかった。外に出るときは、どちらからともなく手を握って歩いた。近所の商店街の人々からは、

「シバタさんちはいつまでも恋人気分だね」

とよくからかわれた。すると妻は、

「好きで手を握ってるんじゃないの。最近、二人ともよく転んだりするから、こうやって支

え合ってるだけなのよ。でもどっちかが転んじゃうと、両方ともこけるんだけどね」

と笑っていた。そんなときもゲンタロウはひとこともいわず、照れ笑いをしているだけだった。そんな二人暮らしの中で、会社が休みでゲンタロウが家にいた日曜日に、彼女が倒れたというのは、不幸中の幸いだった。もしも平日にそんなことになっていれば、誰も気がつかないまま、彼が帰るまでほったらかしになっていることもありえたからだった。

取り込んだ洗濯物を抱えて、ゲンタロウの前を通り過ぎたとき、妻は前に頽《くずお》れた。突然、激しい頭痛と吐き気に襲われたのである。ゲンタロウは会社の先輩がくも膜下出血で倒れたばかりで、そのときの様子を聞いていた。まさに目の前の妻の状態がそうだった。足がもつれて転びそうになりながら、大慌てで救急車を呼び、その間、

「大丈夫か、すぐ救急車が来るから」

と背中をさすって声をかけることしかできなかった。救急車のサイレンを聞いて、近所の人々が集まってきた。カラオケ仲間の奥さんたちの顔も青ざめ、声が出なかった。そのときは妻を救急車に乗せるのが精一杯で、他に何もできなかった。そして病院に搬送され、三日後に妻が亡くなったときまでの記憶はほとんどない。ふと気がつくとゲンタロウは喪服を着て、参列者の前で頭を下げていた。

（どうしてこんなところにおれはいるのだ。ワカコはいったいどうしたんだ）

ふと見ると妻は祭壇の中央の写真の中で笑っている。

(これは何なのだ。夢なのか)

葬式の間中、彼は首をかしげていた。会社の同僚や部下がやってきて、いたわりの声をかけるので、いちおうは頭を下げるものの、どうしてそうしなければならないのか、自分で納得ができなかった。

(これは夢なんだな。いつか覚めるんだ)

そう自分自身にいいきかせながら、火葬場に到着し、骨を拾ったときに、

(ちょっと変だな)

と思いはじめた。親類の人々はゲンタロウをいたわり、親切にしてくれたが、足元はいつもふらついている感じだった。しーんとした家にお骨を持って帰り、畳の上にへたり込んでいた。外出している妻が、いつ帰ってくるのだろうと待っていたが、いつになっても帰ってこない。明るくて元気な妻が箱に入って何もいわなくなってしまったというのを、自分に納得させるまで、何か月もかかった。墓所に納骨してからも、どうも納得できない。

「変だ、変だ」

といいながら、首をかしげていた。

そんなゲンタロウを心配して、近県に嫁いでいる彼の妹が何度か家にやってきた。彼女が

来てくれているときは、会社から帰っても、家に電気はついているし、御飯もできている。しかし妹が家に戻ると、電気がついていない暗い家に帰ることになる。そういうときは、妻がいなくなったということを身にしみて感じた。仏壇に置いてある写真を見ては、

「なんでこんなことに、なっちゃったんだろうなあ」

とつぶやく毎日だった。一人でいると寂しいので、

「今度、いつ来るのか」

と妹のところに電話をしてしまう。最初はすぐやってきてくれたが、そのうち妹は、

「いつまでも人に頼ってちゃだめよ。お兄さんには気の毒だと思うけど、それを自分で受け止めないとだめなのよ。私が行って御飯を作り続けるのは、お兄さんのためにならないと思うの。酷ないい方かもしれないけど。お義姉さんもお兄さんがそういうふうになるのは、望んでないよ」

というようになった。胸にぐさっときたが、冷静になるとたしかにそのとおりかもしれないとゲンタロウは思うようになった。

「妹は義弟の妻なのであって、おれの妻ではないのだ」

そんな当たり前のことに気がつかなかったのかと、自分自身に呆れ返った。

「こんなことじゃいけないんだよな。わかった。おれはちゃんとやるよ」

妻の写真に向かって、ゲンタロウはきっぱりといった。

頭の中では自分で家事をし、妻がしてくれた分も自分の行動で埋めようとしたが、それはとっても無理なことがわかった。何もかもは自分でできないし、そんなことをしても無駄だと思ったからだった。いくら料理をがんばっても、妻が作ってくれたような煮物はできないし、それならば定食屋で食べて帰るほうが、ずっとましだった。会社の同僚も気を遣って、夕食に誘ってくれたりする。飲んで話しているうちに、

「化け物みたいな女房でも、大切にしないといけないなあ」

と相手はしみじみいう。ゲンタロウはワカコのことを、他人に化け物などといったことは一度もないが、

「そう。世の中に一人しかいないんだから」

というようにした。すると、

「叩いても死なないような奴なんですけどね」

「女房に死なれる前に、おれが先に死ぬ」

といって、彼らもそれなりに妻との関係を考えたようだった。

妻を見送ってから八か月までは、ゲンタロウの精神状態はときおり不安定になった。まったく妻の存在を忘れていたのに、食事を済ませて家に帰り、ＮＨＫのニュース番組を見てい

るときに、突然、体の奥底から悲しみが大きなかたまりになって押し寄せ、一気に涙が噴き出してくる。そのたびにゲンタロウは、わあわあと子供みたいに泣いた。どうしてこんなに涙が出るんだろうかと、不思議でならなかった。大泣きする自分と、それを冷静に観察している二人の自分がいた。最初はうろたえたが、それも自分なのだと、素直に受け入れようとした。わーっと大泣きしたあと、けろりとして箪笥《たんす》の引き出しからパンツを出し、風呂に入ったりするのも、当たり前になった。そういう日々を過ごして、気持ちもどことなく落ち着いてきたのである。

再婚話も舞い込むようになった。近所の奥さん連中から、親類から、会社関係から、

「いい人がいるんだけど」

と話を持ちかけられる。ゲンタロウはとても独りじゃ暮らせない男だと思われているようだった。しかし彼はそんな気にはまだなれなかった。会社の役員は、

「退職して第二の人生を独りで過ごすつもりなのか。それは大変だろう。これから子供を作るわけじゃないんだから、気のいい女の人と結婚をして、楽しむのもいいんじゃないか。その人に子供がいたら、きみは子供を持つという経験がこれからできるじゃないか」

といった。彼のいうことはもっともだった。しかしどうしてもそんな気持ちにはなれない。邪険に断るわけにもいかないので、話を持ってきてくれた人たちには、

「その気になったときにお願いします」

といっておいた。近所の奥さんたちは、

「そうですかあ」

と残念そうな顔をして、

「シバタさんはか細くてひ弱な感じがするから、独りでふらふらしているのを見ていられないのよね。奥さんはしっかりしていて、できた人だったよねえ。何でもてきぱきやってたしね」

といった。

(なんだ、それは)

とちょっとむっとしたが、他人にはそのように見られているとわかった。たとえば三年、五年たっても、再婚する気にはならないような気がした。

「自分が具合が悪くなったとき、女房がいなくてどうするんだ」

と忠告してくれた人もいる。たしかにそれは怖い。しかし介護をしてもらうために再婚するわけでもなし、それでは相手に失礼だ。そうなったらそうなったで、しかるべきところに入院して、面倒を見てもらう。妻がいたときは考えもしなかったことを、ゲンタロウはいつも考えるようになった。

独りになって彼は、自分がいかに妻に甘えて過ごしてきたかを知った。清潔な服や、好みの味付けの食事や、気持ちのいい布団はみんな空から降ってきていたわけではない。みんな妻がやってくれていたのである。それすら気がついていなかった。それなのに、食事の準備が遅いとか、味付けが口に合わないと、ちょっと文句をいったりした。

「あんなこと、いわなきゃよかった」

彼はとても後悔した。

「こんなことになるんだったら、もっと大切にしてやればよかった」

後悔ばかりが先に立つ。たまに二人で一緒に食事をしたりすると、妻は、

「ああ、幸せ」

と喜んだ。それも豪勢な食事などではなく、行列ができるラーメン屋とか、値段のわりに味がいい町のレストランとか、そういう庶民的なところばかりだった。

「有名な懐石料理とか、有名な料理人がいる店に、連れていってやればよかった」

いくら後悔してもどうしようもないが、彼は、

「ああすればよかった。こうすればよかった」

と悔やむばかりあった。

悔やんでいるから、ゲンタロウの表情はとても暗い。痩せていてひょろっとした彼が、暗

い顔で歩いているのを見た近所の人々が、少しでも気がまぎれるようにと、カラオケや飲み会に誘ってくれたが、

「用事があるので」

と彼は断り続けた。それから家の中からふと庭を見ると、生け垣のすきまから、近所の人がのぞいているのが目につくようになった。最初は用事かと思い、

「何でしょうか」

と聞いたりしたのだが、みんな、

「いえ、ずいぶんお庭の木が大きくなったなと思って」

といってそそくさと逃げていった。ゲンタロウの目から見て、枯れたりはしているが、特別、庭の木が大きくなったとは感じなかった。隣の奥さんが家の中の様子をうかがっているのを見たとき、

「どこかうちはおかしいですかねえ」

と聞いてみた。するとちょっといいにくそうにしながら、

「あのう、シバタさんの顔色が冴えないので。そりゃあ、あんなことがあったんだから、当たり前なんですけど。もしかして後を追うんじゃないかって……。ごめんなさいね。そんなふうにはならないとはわかってるんだけど。もしもっていうことになったらって、気になっ

ちゃって。ごめんなさいね、こんなこといって」

といった。彼女は自分が悪いことをしたかのように、

「ごめんなさい」

を連発して帰っていった。妻だけでなく、近所の人にまで迷惑をかけていたのかと、ゲンタロウは反省した。自分が暗い顔をしていたら、近所の人が心配する。過去にとらわれてはいけない。これは妻を偲《しの》ぶこととは別問題なのだ。あれだけ妹にいわれたのに、頭ではわかっていたつもりでも、全然わかっていなかった自分が恥ずかしくもあった。

「これからは、新しく、ネオ・ゲンタロウとして生きていかなければならないのだ」

彼はうんっと大きくうなずき、妻の遺影に向かって、

「見ててくれ。おれはがんばるからな」

と宣言した。それから近所の人に会ったときは、自分から大きな声で明るく、挨拶をすることにした。そうすると、これまではとまどったような顔をした相手の顔がぱっと明るくなり、にっこり笑って挨拶を返してくれる。そうすると自分の気分もいい。ネオ・ゲンタロウは、

（そうだ、そうだ。これでいいんだ）

とうなずいた。

日曜日、近所の公園を散歩していたら、親子連れやカップルが花壇の前に集まって、何事かやっている。見たところお互いに知り合いではなさそうだった。ゲンタロウは近づいていった。そばにいた茶髪とコギャルの若いカップルに、

「どうしたの」

と聞いた。すると茶髪のほうが、

「仔犬が捨てられてるんっすよ」

という。

「捨てられてる？」

今度はコギャルが、

「歩いてたらあ、男の子があ、仔犬を抱っこしててえ、『お姉さん、飼ってくれませんか』っていわれたんだけどお、うちにはもう犬が二匹いるからあ、すっごくかわいいんだけどお、だめって断ったの」

「すっげえ、かわいいんだよな」

「そうなの」

二人は残念そうな顔をした。

「ああ、そう」

ゲンタロウはもっと近づいていった。そこにいたのは茶色い毛の雑種で、ぬいぐるみのようにかわいい仔犬だった。子供が抱っこをして、

「連れて帰る」

と半泣きになるのを、親が、

「うちでは飼えないからだめ」

と叱る。みんな交互に抱っこはするものの、お互いに、

「あなた、飼えます？」

とたずね合った結果、みな首を横に振った。足元を見ると段ボール箱に花柄の古いタオルが敷いてある。

「ほら、もうそこに置いて。帰るんだから」

そういわれた子供は、しぶしぶ仔犬を段ボールの箱に戻した。仔犬は首をかしげてしばらくきょとんとしていたが、箱から飛び出して、人の足に無邪気にじゃれつく。かわりばんこに誰かは抱っこしてやるものの、それはその場限りのことだった。ゲンタロウは仔犬に引き寄せられるように近づいた。しゃがむと仔犬はゲンタロウにとびつき、尻尾をちぎれんばかりに振って、顔をぺろぺろと舐めた。子供を連れた母親が、

「かわいそうに。ひどいことをするわねえ」

と顔を曇らせた。みな一様にうなずきながらも、それぞれ事情があって、どうすることもできない。ゲンタロウは仔犬を抱っこしたまま、

「じゃあ、うちに来るか」

と仔犬にいった。わかっているのかいないのか、仔犬は尻尾を振り続けている。

「本当ですか?」

集まっていた人々が声を上げた。

「ええ、連れて帰りますよ」

彼が左手で仔犬を抱っこしたまま、右手で段ボール箱を持ち上げると、

「ああ、よかった」

とみなほっとした顔になった。

「よかったねえ。かわいがってもらうんだよ」

集まっていた人々は、ゲンタロウが抱っこしたままの仔犬の頭を撫で、その場から去っていった。

もちろん散歩は中止である。すぐに家に帰り、妻が使っていたお椀《わん》に水を入れ、仔犬に水をやった。喉がかわいていたのか、しばらく水を飲んだあと、仔犬はこてっと座布団の上に横になって目をつぶった。とても疲れていたのだろう。

「さてと。いろいろな物を準備しなくちゃいかんな」

　ゲンタロウは駅前のペットショップに走り、

「いやあ、仔犬を拾っちゃってねえ」

　と話しながら、ドッグフードを買い集めた。山のようにあってどれがどのように違うのかわからないので、とにかく評判がいい、店のお勧めのを買ってきた。

「犬小屋は」

　と聞かれ、しばし考えたが、

「いえ、けっこうです」

　と断った。獣医さんのところに連れていくときのキャリーバッグ、リード、各種ドッグフードをとりあえず購入した。留守中、仔犬に何かあっては大変と、ものすごい勢いで帰った。仔犬は家を出たときのまま、座布団の上で寝ていた。ゲンタロウが近づいていくと、ちょっと薄目を開けたが、また目をつぶって寝てしまった。ゲンタロウはその横に添い寝した。脚の裏の肉球をそっとさわってみた。柔らかい。呼吸をするたびに、丸いお腹が上下している。指を鼻先に持っていくと、鼻がひくひくと動いたが起きない。みんなにじゃれついていたが、きっと緊張でいっぱいだったのだろう。こんな小さな生き物が、わけのわからないまま、淋しさと緊張の中にいたかと思うと、かわいそうでたまらなかった。

「元気に大きくなれよ」

そういいながら、ゲンタロウは仔犬の姿を寝転がったまま、ずっと眺めていた。

この仔犬はメスで「ワカ」ちゃんと命名された。ネオ・ゲンタロウは新しいパートナーとこれからを過ごしていくことになった。ワカちゃんは掃除も洗濯もしてくれないし、御飯も作ってくれない。今度はゲンタロウが何でもしてやる番だ。しかしそれが彼にとってはとても楽しい。まだ小さいときは一緒にいてやったほうがいいと、残っていた有休をとって、会社を休んでしまったくらいである。

「はーい、お父さんが御飯を上げますよ」

というと、玉を転がしたようにワカちゃんは走ってくる。そんなに興奮しなくてもいいのにといいたくなるくらい大喜びをする。食欲も旺盛だ。そんなところは亡くなった妻にそっくりだった。ワカちゃんとは一緒に布団で寝る。その寝姿がとってもかわいらしく、いくら眺めていても飽きない。

亡くなった妻が夢の中に出てきた。

「やあねえ、犬に私の名前をつけるなんて」

と苦笑いをし、

「かわいがってね」

といって消えてしまった。ゲンタロウは明け方目を覚まし、自分の腕枕で寝息をたてているワカちゃんを見ながら、

「えへへへ」

と照れた。

やる気のない人

「ちょっとあんた、何だらだらしてるのよ。とっとと店を開けてよ」

テレビを見ていたセンゴクトラタは、妻のスエコに怒鳴られてしぶしぶ腰を上げ、店のシャッターを上げに行った。

「これからがいいところだったのに」

妻には聞こえないようにつぶやいた。午前中の主婦向けの番組で風水特集をやっていて、不幸な家族がどうやったら救われるかを、これから明らかにするところだったのだ。

彼の店は商店街の端っこにある洋品店である。トラタの父親が存命中は、そこで紳士服の仕立物を請け負っていた。もちろん父は長男のトラタに店を継いでもらいたいと、中学を卒業してから厳しく技術をたたき込もうとしたが、トラタはそれをいやがった。高校に通いながら父に仕事を習ったものの、彼は父の血を受け継いでいなかった。誰が見ても不器用で、最初はなんとかものにしようとがんばっていた父も、

「だめだ。お前には向かない」

とがっくりと肩を落としたくらいだった。手先が器用なところはトラタの妹が受け継ぎ、和裁をしている。父が生前、

のである。

「ああ、男と女が逆だったら」

と嘆いているのを何度耳にしたかわからない。父にとっては希望をぶちのめす息子だった

トラタは二十三年前、三十歳のときに妻のスエコと見合い結婚をした。彼女は今でも、

「あーあ、本当にあんたには騙されちゃった」

と文句をいう。トラタの父の腕の良さを知っていた彼女は、当然、トラタもそれなりの技術を持っていると思ったのである。当時、トラタは、店にいて客の応対はするが、肝心なところで出てくるのは、父か母だった。三十にもなって、ろくに寸法も採れず、仕事というものに対して、やる気が起きなかった。特に父のような細かい神経を遣う仕事は、彼には絶対無理だった。両親としては、身を固めて自分なりにがんばってほしいと思ったのだが、結婚をしてもしなくても、トラタの過ごし方は変わらなかった。最初は夫に敬語を使っていたスエコも、すぐに彼のことを、

「あんた」

と呼ぶようになった。そう呼ばれても、別にトラタは何とも感じなかった。彼は何の収入もなく、両親と一緒に住んで小遣いをもらい、毎日、だらだらと過ごしていく。四歳下の妹は二十歳でさっさと結婚して家を出ていった。両親は忙しく働いているが、彼は何もするこ

とがないので、独身のときは店の前の掃除ばかりをしていた。すぐに終わってしまうので、隣近所の前まで掃除をした。彼は好意のつもりだったのだが、隣のお茶屋から、

「そんなことをするのは、うちの前が汚れているというといういやみですか」

といわれてやめた。結婚したら妻が掃除をするので、ますますトラタの仕事はなくなったのである。

だいたい、姑と嫁の仲は悪いものだが、スエコが両親側についたので、今まで二対一で分が悪かったのが、三対一でさらに分が悪くなった。母がぽつりと、

「あんたもこのままでどうするの。どこかちゃんと就職するとかしないと、子供ができたら大変よ」

というと、妻も、

「そうですよね、お義母《かあ》さん。この人、本当に働くのが嫌いみたいなんです。私も困っています」

と同調する。それを聞きながら、父はため息をつくばかりであった。一度、コネで大手の生地店に勤めたことがあったが、ミスが多くて居づらくなり、内緒で半年でやめてしまった。会社に行くふりをして公園で暇をつぶしていたが、スエコが、

「今月のお給料は？」

と聞いて、はじめて家族は彼が勝手に会社をやめたことを知った。もちろん彼は三人になじられた。しかしやはり息子がかわいいのか、両親はまた働いてトラタの面倒を見るようになったのである。

朝から晩までだらーっとしている彼に、

「あんた邪魔だから、家を出たら？　お義父さんたちとはとってもうまくいってるし、私は出ていく必要がないから」

と妻はいい放った。そのとき結婚五年目にして彼女は妊娠中であった。

「子供が生まれて、こんなふがいない父の姿を見せるよりは、いっそいないほうがいい」

ともいわれた。もちろん、トラタはむっとした。しかし反論するにも、反論できるようなことはしていないし、そういわれて、

「うるさい、おれだってやろうと思えばやれるんだ。今に見てろ」

と啖呵《たんか》もきれない。むっとしたまま煙草をふかすしかなかった。

父がタカシと名づけた男の子が生まれた直後、母が半年の闘病後、亡くなった。妻はまるで自分の母が床に臥したかのように、一生懸命に面倒を見た。亡くなる前、病院で母は、

「スエコさん、本当にありがとう」

と妻の手を握って涙を流したくらいであった。そして一年後、がっくりと老け込んだ父が

あっさりと亡くなった。トラタも呆然としたが、もっと呆然としたのは妻であった。

「お義父《とう》さんもお義母さんも、あんたのことがきっと心残りだったと思うわよ。これからしっかりしないと、タカシにも示しがつかないよ」

妻は幼児をあやしながら、説教をした。もっともだと思った。でもいったいどうしたらいいかわからない。手に技術もないし、就職はしたくない。しかし幸いなことに土地家屋は両親が残してくれた。

「わかった、私にまかせて」

スエコはタカシを背中にくくりつけて、あちらこちら走り回っていた。いちおう妹に相談すると、

「お義姉さんは口は悪いけど、しっかりした人よ。お兄さんよりはるかに頼りになるわ」

といった。他人のほうが身内よりも信頼されているというのは、どういうことだとまたむっとしたが、

「仕方ないな」

とつぶやきながら、トラタは煙草を吸うしかなかった。

妻は店を洋品店に改築し、二階を四室のアパートにするといいだした。

「うちだとこれが精一杯なんだって。でも私たちの負担が少なくてできるのは、お義父さん

たちが一生懸命に働いて、不動産や貯金を残しておいてくれたからなんだよ。高給取りでもないのに、腕一本であれだけの貯金を残しておいてくれたっていうことについてさ、あんた、何も感じない？」

妻はきっちりトラタにいった。

「ありがたいよ」

「そうよ、ありがたいのよ、とっても。そこんとこ、わかってるのかねえ」

「わかってるよ」

「これからは誰を頼るっていうわけにもいかないんだから、あんたがしっかりしないと、家族三人、野たれ死にだよ」

トラタはこっくりとうなずいたものの、スエコにまかせておけば、まあ、なんとかなるだろうと考えていた。

店の奥には住居があり、二階は六畳ほどのワンルームが四部屋という建物ができあがった。今まで仲よくやってきた商店街の人々の中には、

「日当たりが悪くなった」

と急に文句をつけてくる人も出てきた。悪くなったといっても、これまでは向こうのほうが三階建てで、トラタの家は平屋で被害を受けていたのに、きれいになったのが気に入らな

いようなのである。

「あんたが働き者で、みんながそれを認めてくれて、その結果、改築したんだったらこんなことはいわれないんだよ。だらーっとしているのをみんなが知っているから、こんなつまんないことをいわれるんじゃないか」

妻がこんこんとトラタに説教をした。彼はうなるばかりである。そういわれればそのような気がするし、文句をつけてくる人が性格が悪いのだとも思える。しかしここで口答えをすると、百万倍になって戻ってくるので、ただおとなしく座っているだけだった。

トラタの日常はすべてスエコに管理されていた。自発的に行動を起こすということがない彼は、妻に指示されたとおりに動いた。洋品店の店主となっても、彼の態度は変わらない。

朝は妻にたたき起こされ、朝食を食べているときに、

「今日は仕入れだよ。わかってんの。もうこんな時間になっちゃって。だらだらいつまでも寝てるからだよ。タカシに手がかかるんだから、世話を焼かせないでよ。それとね、あんた毎日、ちゃーんとはたきをかけないとだめだよ。奥の股引《ももひき》の袋の上にほこりがたまってたよ。私は忙しいんだから。シャツの値段が変わったの、聞いた？　聞いたんならどうして、値札を付け替えないの、安くなったんならともかく、そうじゃないんだから、お客さんを騙しているみたいになるじゃないか。そういうところに気を遣わなきゃ」

と機関銃のように続けざまに言葉を浴びせかけられる。もちろん彼はまったく口を挟めない。ただ亀みたいに首を縮めて、味噌汁をすするだけである。

（そんなに忙しいのなら、おれのことは放っておいてくれればいいのに）

しかしスエコは相変わらずタカシを背中にくくりつけ、アパートや店、そして家庭のことを一人で切り盛りしていた。こんな状態で、十八年たってしまったのである。

スエコが期待をかけた一人息子のタカシは、ヤンキーになって最初は隣町でしゃがんでいたが、高校を中退して友だちのアパートで暮らすといって、家を出ていった。トラタにはあれだけ平気で物をいうくせに、スエコはタカシにはとっても甘く、たまーに戻ってきた彼には説教もせずに、

「元気か、お腹はすいていないか」

と下にも置かぬ扱いをする。たまに外に、肌の露出度が高い、乳がとても大きな若い娘を待たせていたりする。彼女は退屈そうにコンパクトをのぞき込んだり、髪の毛をとかしていたりする。それを横目で見ながらトラタは、

（おれは生まれてこのかた、あんなにいい思いをしたことがない）

と嫉妬の炎が燃え上がるのである。だいたいタカシがやってくるのは、小遣いが目当てらしく、どうやらスエコがへそくりを渡しているようだ。金髪にして片耳に五個もピアスを開

け、勝手に学校をやめてしまった息子に、父としてひとことがつんといってやらなければと、いちおうトラタも考えるのだが、自分のしてきたことを思い出すと、何もいえなくなる。だいたい結婚しても両親に養ってもらっていたのだ。

「友だちに紹介してもらって、現場のアルバイトをしているんだって。ああいうのって、慣れないとあぶないよね。この間も怪我をしたっていってたけど」

妻は息子が心配でたまらない。腹が痛い、頭が痛いとトラタが訴えても、

「あんたみたいにのんきにしている人間が、どうして病気になるのさ」

とまったく相手にしない妻が、心配そうな顔をしている。たしかにトラタの場合は、風邪気味だったり、食いすぎだったりするのであるが、もうちょっといたわってくれてもいいんじゃないかと思うのであった。

正直いってトラタは店をやる気はない。アパートの家賃だけで生活するのはちょっと苦しいかもしれないが、夫婦二人がつましくやっていれば、なんとかなるのではないかと思い、そーっと妻に提案してみたら、即座に、

「だーめ、だめだめ。どうしてあんたはすぐ怠けることばかり考えるの？　人間は働かなくちゃだめ。タカシをごらん。家を出てからずっと、アルバイトで働いているんだよ。よく働くって親方から目をかけてもらってるんだって。あんた、会社に勤めたとき、半年でやめた

じゃないの。辛抱が足りないんだよ。ここじゃあんたが大将じゃないか。店を好きなようにできるのに。世の中にはこんな店でも持ちたいって思ってる人はたくさんいるんだよ。幸せだと思って働きなよ」

といわれた。グーの音も出ない。妻の指示に従い、あれこれ山のように仕入れるのであるが、あまりに品物の種類が多くて、やる気のないトラタは覚えきれなくなってきたのだ。

「男物の長袖シャツ下さい」

といわれても、見た記憶はあるのだが、どこにあるのかわからない。

「えーと、えーと、どこだったかなあ。たしかにあることはあるんですよ」

といいながら探すトラタを見て、客は呆れて、

「じゃあ、いいわ」

と帰っていく。スエコが奥にいるときは、ぱっと店に飛び出してきて、

「はい、お待たせしました。男物のMでいいですか」

とさっとケースから取り出して応対する。毎日、店に出ているわけでもないのにである。

「どうしてお前は、これだけの商品が置いてある場所がわかるんだ」

驚いてたずねると、彼女は冷たい目をして、

「あんたは本気じゃないからよ。本気で店をやる気があったら、どこに何があるかぐらい覚

えてるわよ」

といった。毎日、トラタは店の入り口に座って、煙草を吸って店番をするのだが、ほとんどの客は自分で勝手に欲しい物を見つけて、買っていく。店主よりも客のほうが商品がどこにあるか、把握しているのだ。あるいはスエコがいるかどうか、奥をのぞいて彼女に声をかける。店にトラタがいるのに、ほとんどの客は聞かないのだった。

「もうちょっと、商品を減らさない?」

おそるおそる提案した彼に、また妻は口から火を噴いた。

「これだけ物があるから、なんとか見られるんだよ。店主はぼーっとしている、商品は少ないっていうことになったら、誰だって店に来たいとは思わなくなるよ。これだけいろんな物があるから、近所の人が来てくれるんじゃないか。そんなこと考えているより、少しでも何がどこに置いてあるか、覚えなよ」

もっともだった。店を閉めて家賃収入で暮らすというトラタの夢は消えた。

ただでさえ働く気はないのに、やりたくない、やりたくないと思いながら店に出ているものだから、おのずと店の雰囲気は暗くなってくるばかりだ。妻は家事をやりながら、広くもない店内をぱっと見渡し、

「あんた、そこ、セーターぶら下げると奥が見えないから、場所を変えて。ただ上からぶら

下げとけばいいっていうもんじゃないんだよ。それとブリーフはちょっと値段を下げて、店の前に置いて。新製品が出るっていったでしょ。そういうときはさっさと在庫を処分しなきゃ。何度いったらわかるのさ。掃除はちゃんとしなよ。ほれ、またほこりがたまってるよ」

と指示を出す。トラタは仕方なくいわれたとおりに、柄違いの一枚千八百円のセーター五枚を、中ほどに移動させた。そしてブリーフが入っていた箱を店頭に持ってきて、「特価品」という紙を貼った。掃除はハンディモップで商品の上を撫でる。それを見た妻から、

「そうやるとね、袋の角にほこりが引っかかって汚らしいんだよ。ちゃんと丁寧に見ながらやりなよ」

と叱られた。その後、床を掃き、やっと終わったとほっとしていたら、ショーケースを指さして、

「ガラス！」

と怒られた。

「そんなに汚れてない……」

「汚れているようには見えないけどちゃんと掃除をするのが、商売人っていうもんなの」

また叱られた。ガラス用のクリーナーが見つからず、あちらこちらをのぞき込んでいると、妻がズロースが置いてある箱の下から、バケツに入ったクリーナーと雑巾を取り出し、

「ほれ」

と彼の胸に押しつけた。

「あ、そこにあったのかじゃないわよ。置いたのはあんただよ」

トラタは聞こえないふりをした。脚立《きやたつ》の上に乗って、ガラスにクリーナーを吹きつけて、雑巾で拭いた。ところがきれいになるどころか、白い泡が黒くなってガラスに筋がついた。

「雑巾をちゃんと洗わないでそのまましまったね。だからこんなことになるんだよ。さっさと洗っておいでよ。どうしてこういうことがわからないかねえ」

妻の声を背に、トラタは店の横にある水道で雑巾を洗った。向かいの饅頭屋《まんじゆうや》のおやじが出てきて、

「どう、景気は」

とにやにやしながらいった。

（いいわけないだろう）

と思いながら、トラタは、

「悪いよ。全然、ぱっとしないねえ」

と答えた。すると彼はまたにやつきながら、

「でもおたくはいいよ。家賃があるじゃないか。四軒分でこのくらい？」

と指三本を出した。

「さあ、どうかねえ。そんなもんじゃないの」

としらばっくれると、彼は、

「うちなんか月に三十万を稼ぐっていったら、大変だもんなあ。貧乏暇なしだ」

といい残して店に戻っていった。

「何だって」

一部始終を見ていたスエコは聞いた。トラタが説明すると、

「あんたが店の前でぼーっとしているのを、毎日見てるんだもん。そりゃあ、そういわれるよ。向かいのおやじさんだって、朝早く起きて、一個一個、お饅頭を作っているんだから。うちは家賃がなかったら、とっくに飢え死にしてるよ」

といった。たしかにそうだった。ガラスを拭きはじめた彼に向かって、

「あんたさあ、私が死んだらどうするのさ。アパートのことだって店のことだって、なんにもできないでしょ」

と呆れ果てた口調でいった。トラタは黙っていた。

「そうなったら、タカシに戻ってきてもらって、あんたの面倒を見てもらうしかないね」

金髪でピアス五個の息子。今度はあいつのいうことを聞かなければならない。化粧が濃くて料理も作れない嫁が来るかもしれない。

「しょうがないよね、あんたはそれで今まできちゃったんだからさ」

今度は妻はため息まじりになった。これまでの人生、だらーっと過ごしてきて、気がついたらこんなことになっていた。

「ほら、角のとこ、拭き残してるよ。どうしてきっちりと拭かないかねえ、まったく」

妻は右手で頭をぼりぼりと掻きながら、奥に引っ込んだ。トラタはいわれたとおりに、ガラスを拭き直しながら、

「でも、毎日、御飯が食べられるからいいじゃないか」

と小声でつぶやいた。お金儲けをしたいとも思わない。旅行にも行きたいとも思わない。御飯が食べられればそれだけでいいさと、トラタはやる気なく、だらだらとガラスを拭き続けた。

スケベな人

スドウマサオは通勤する電車を待つために、朝刊を広げて、駅のベンチに座っていた。冬の寒い朝は、ひんやりと冷えるベンチに座る人は少ないのであるが、マサオはどんなに寒くても、風が吹きまくっても、股引を一枚ズボンの下に穿いて、ベンチに座る。女子高校生、OLが彼の目の前を通る。冬場だというのに彼女たちは、太股《ふともも》丸出しの短いスカートで、ホームを歩き回っている。それをよーく見るためには、少しでも視線を下げる必要がある。立っているよりも座っているほうが、より間近に若い女性の太股が見られるということで、マサオは寒さも何のそので、冷えたベンチに座るのだ。

駅が改装になる前は、階段のそばにベンチがあったのだが、その端の席は最高だった。女の子が目の前を歩くだけではなく、右を向けば階段を上がる女の子たちのスカートの中がのぞけたからである。しかしその黄金の席は争奪戦が激しく、ちょっとでも遅く家を出ると、マサオより若い小太りのサラリーマンに座られた。マサオがじろりとにらみつけても、彼は知らんぷりをしている、もちろん、左を見ないで右を見ている。

(ああっ、あいつ、ああやって女の子のスカートの中を……。さっきかわいい女子高校生が上がっていったからなあ。ああ、しまった、あと五分、早く起きればよかった)

マサオは腸《はらわた》が煮えくり返る思いだった。それからしばらくして、駅の改装が行われ、階段の一部はエレベーターになり、ベンチはホームの中央に移動になり、マサオたちの楽しみはひとつ減ったのである。

いくら楽しみであっても、女の子を露骨に見るのは憚られるので、朝刊でいちおう顔は隠す。そして短いスカートを穿いた女の子が近づいてくると、新聞の位置をちょっと下げる。パンツスタイルの女性には目もくれない。そしてぶりぶりとした太股が目の前を通り過ぎるまで、

（うひょひょひょひょ）

と喜びながら眺めるのである。特に風が強い日などは、女子高校生が気がつかないうちに、スカートの後ろ側がひらりひらりとめくれることがある。もちろんこのときは、

（うひょーっ）

である。最近の女子高校生は、スカートの下には、見られてもいいように黒いボーイズパンツスタイルの、ショートパンツを穿いていたり、体操着のような同じく黒いぴったりした物を穿いているのだが、それでもパンツが見えるのはうれしい。黒いショートパンツではなく、普通のパンツなんかを見たりしたら、あまりにうれしくてその場で卒倒してしまうのではないかと、マサオは思ったりするくらいだ。朝、太股ぶりぶりの女の子を見ないと体調が

悪い。出勤してもいまひとつやる気が起きないのである。

冬場は電車に乗っても、ほとんどの人がコートを着ているので、喜びが少ないが、それでも男が隣に立っているよりは、百万倍ましだ。夏場は背の低い女性がいると、つつっとそばに寄っていってしまう。そしてすーっと鼻から息を吸う。

(うひょ)

と喜ぶ。女性が襟の開いた服なんかを着ていた日には、

(うひょひょひょ)

である。胸の谷間がちょこっと見えたとしたら、

(あー、極楽、極楽)

と年寄りが晴天の日の富士山を見たような、ありがたーい気持ちになるのだ。

かといって彼は絶対に女性には手を出さない。痴漢行為をするほど人品は卑しくないと自負している。かつてマサオと黄金の席を争った男は、ついこの間車内で痴漢行為をして駅員に突き出された。被害に遭った女性が大声で、

「この人、痴漢です。助けて下さーい」

と叫んだのである。マサオが声のするほうを見ると、例の小太りの男だったのだ。車内の男性が、

「何やってんだ、お前」

「外に出ろ」

と怒りだし、ドアのそばに彼を押し出した。それを見たマサオは、ここでひとことといってやらねばと、

「ふざけんなよ、恥を知れ、恥を」

と叫んでやった。

「まったく、とんでもない奴だ」

周囲に聞こえるようにつぶやいたあと、マサオはまた隣の女性の胸元を、上からじーっと眺めた。彼は手は出さないが、女性の姿を見ると、胸や尻や脚を見ずにはおれない。普通はあまりじろじろ見てはいけないと、人目を気にして自制心が働くものだが、彼の場合はそういう面での自制心はない。子供のようにじーっと見てしまう。たまに気がつくと、アホのように口まで開けていることがあり、とにかく無条件に顔の筋肉がでれーっとしてしまうのであった。

マサオには妻と娘がいる、娘は中学三年生である。三歳年上の妻とは見合い結婚であった。独身時代は惚れっぽいので、たくさんの女性を好きになったが、みんな彼から逃げていった。そして仕方なく父の知り合いの娘と見合いをしたのだ。もちろんこのときは、でれーっとは

しないで、ちゃんとしたサラリーマンという態度で接した。きちっとした感じのまじめそうな女性で、家庭のことをうまくやってくれるだろうと考えて、結婚を決めた。結婚してみたら彼女はまじめで曲がったことが大嫌いで、気が強かった。この気が強くて毛深い妻が怒ると、ものすごく怖いのである。

娘が幼稚園くらいのとき、出勤前に着替えた背広のポケットをチェックしていた妻に、おさわりバーの名刺を見つかったことがある。それを見たとたん彼女は、

「何なのこれはあああ」

と目をつり上げて怒鳴り、マサオの耳を引っ張って壁に向かって突き飛ばし、よろけてしゃがんだところを十回も蹴っ飛ばしたのである。学生時代に陸上部に所属していた妻のキックは、すさまじく効いた。ずしん、ずしんと体中に響いた。マサオは顔をそむけ横座りになりながら、

「ご、ごめんなさい。もうしませんから。お願いします。許して下さい」

と蚊の鳴くような声であやまるしかなかった。それを聞いた妻は、蹴るのをやめ、

「次に同じようなことをやったら、どうなるかわかってるでしょうね」

とドスの利いた声でいった。

「は、はい……。でも、あの、ちょっといいですか」

マサオは少しでも自分の立場をよくしようとした。

「本当は行きたくなかったんだけど、会社の先輩にむりやり連れていかれて……。おれの意思ではなかったんです……」

「ふんっ」

妻は腕組みをして仁王立ちになった。

「だから、おれが悪いんじゃなくて……」

「誰、その人」

「えっ」

「誰って聞いてるのよ」

「えーと、あの、アサダさんです」

もちろんおさわりバーには一人で行ったのだが、人のいい先輩のアサダ氏を同罪にしたのである。それを聞いた妻は、じーっとマサオの顔を見たあと、

「そう。じゃあ、会社に電話をかけて、そういうことはやめて下さいっていうわ」

ときっぱりといい、台所に行こうとした。

「ああ、それだけはやめて……」

マサオは妻の腰にすがりついたが、また蹴られて廊下に転がった。まるで「金色夜叉《こんじきやしゃ》」の

逆お宮と貫一のようだった。

「妻としては、それくらいいってもいいんじゃないのかしら」

「いや、それは本当に困る。悪いのはおれなんだから、それだけはやめてくれ」

マサオは両手を合わせて懇願した。

「うそついたね」

妻はまたドスの利いた声でいった。もうこれ以上、うその上塗りはできないと悟ったマサオは、

「はい」

と小声でうなずいた。すると妻は、

「どうして関係もない人の名前を出して、罪をなすりつけたりするの。最初っから素直にあやまればいいのに。そういうのは人間として最低だなあ」

とまた彼を蹴った。

「ひい、助けてえ」

一部始終を見ていた娘は、廊下にへたり込んで小さくなっているマサオを見て、

「きゃはは、きゃはは」

と笑いながら、手にくまちゃんの柄がついたスリッパを持って、ぴたぴたとマサオの体を

叩いた。

「ユキちゃん。もっと叩いていいのよ。パパは悪いことをしたんだから」

妻はそういい残して、台所に消えた。

「パパは、悪い子ですねえ。いけません、いけません」

ユキは無邪気にマサオの体を叩き続けた。

「わかった、わかったから、もうやめてくれよう」

マサオはあわてて背広を手にし、急いで家を出た。妻に蹴られた体のふしぶしが痛くて、まっすぐに走れないくらいだった。そしてそれから一週間、マサオの食事は御飯と二切れの漬け物だけだった。妻に夫婦生活を迫って、それでうまいこと機嫌をとろうとしたのだが、布団にそっと手を伸ばしただけで、また蹴られた。マサオの目論みは見事に失敗し、針の筵《むしろ》の日々を過ごしたのであった。

それ以来、風俗関係の店には行っていない。どんなにうまくやったと思っても、あの妻は野生動物のように嗅覚が鋭く、絶対に見破ってしまうような気がしたからだった。おさわりバーの名刺くらいで、あんな騒ぎになったのだから、二度目はもしかしたら殺されるかもしれないとマサオはおびえていた。しかし根っからのスケベ心は消えることがなく、女性にさわると問題が起きるが、問題のないところで楽しもうと、目と口で楽しむほうへと移行したのであった。

マサオは女性社員に対して、胸が大きいとか、お尻が大きいとか、脚がきれいだというのは立派な誉め言葉だと思っていた。それをいわれて女性も喜ぶものと考えていた。同じ部署の若い女性に、

「きみは胸が大きいねえ」

とまじまじと胸を見つめながらいった。本当に彼女は豊満な胸をしていたからである。すると彼女はぷいっと席を立ってしまった。マサオはあっけにとられて、椅子に座っていた。またあるときは、前を部長秘書が歩いていて、あまりに脚がきれいなのでそれに見とれ、追い抜くときに、

「いやあ、あまりにきみの脚がきれいなので、くらくらしちゃったよ」

と笑いながらいったら無視された。彼にとっては意外なリアクションだった。

「どうしてみんな、喜ばないんだろうか」

と首をかしげた。胸が大きく開いた服を着ている女性に対して、

「わあ、悩殺されちゃうなあ」

といってはむっとされ、色白の女性に、

「全身、きっと真っ白なんだろうねえ」

と聞いてはいやがられ、ことごとく彼は女性から避けられていた。

あまりに思うようなリアクションが返ってこないものだから、マサオは言葉でいうよりも、目で楽しむようになってきた。机の前を通る女性社員の体を、見ないようなふりをしてじーっと見る。しかしそういう彼の姿をちゃんと見ている女性がいて、

「いつもいやらしい目で私たちを見ている、スドウマサオ」

のことは、社内の女性たちにだーっと広まった。言葉でなんだかんだというのは、セクハラになるが、彼はセクハラが社会問題になる寸前で、口に出すのはやめていた。しかしその反動で、目つきはだんだんいやらしくなってきた。鋭い目つきのときもあるし、とろーんとした目つきのときもある。それを逐一チェックした女性社員は、

「信じられない」

と同僚の女性たちに報告し、

「あの男をなんとかしろ」

といきりたつ者まで出てくる始末だった。

女性社員誰もがマサオには優しくしてくれなかった。先輩のアサダ氏はおっとりと人がいいので、女性社員からは「癒し系」と呼ばれていた。その一方でマサオは「やらし系」とばかにされていた。最近では女性社員からは名前すら呼んでもらえず、

「また『やらし系』が、うれしそうな顔をしながら、チハルちゃんの胸を見ていたわよ」

「ほんと、どっかに行ってほしい」

と嫌悪されていた。飲み会でももちろん女性社員は誰もそばには寄っていかない。それを、

「どうしておれのまわりには、女の子が来てくれないのお」

と叫んでは、ますますばかにされるのであった。

娘も成長して、流行のお洒落をするようになる。夏場はまるで下着みたいなタンクトップに短いスカートを穿いて出かける。他人の娘なら喜んで見させていただくが、自分の娘となるとそういうわけにはいかない。

「ちょっと、それ、生地が薄すぎるんじゃないのか。それにスカートも短すぎるような気がするが」

いちおうは注意をする。もちろん娘は無視である。会社でも家でもマサオは女性に無視され続けるのだった。注意し終わったあとは、マサオは新聞で顔を隠しながら、じとーっと娘の体を眺める。妻の体には視覚的には興味がなくなったので、今は娘しか楽しみがないのである。胸や尻を見ても、

（うひょひょ）

とはならないが、

（うーむ）

くらいにはうなる。庭に干してある洗濯物を見て、かわいい花柄やレースの下着に、胸がきゅんとなることもある。しかし風が吹いてきて、隣に干してある妻の七分丈パンツがばたばたとはためくと、夢のようないい気分がいっぺんでさめるのであった。

家に帰っても怖いだけなので、仕事が終わるとマサオは、会社のそばに新しくできたおでん屋に、足しげく通うようになっていた。そこの三十半ばのおかみさんは体格もいいのだが、胸がとても大きかった。いつも和服を着ているのだが、それでもハンドボールを胸に入れているみたいに大きいので、マサオはそれを舌なめずりするように見ながら、

（実体はどうなのだろうか）

と気になって仕方がない。おでんの味も悪くないので、目の保養も兼ねて日参するようになった。

ある日、店に行くと、同僚が部下の女性を連れて飲んでいた。マサオの顔を見るなり、女性は露骨にいやな顔をして横を向いた。

「どうしちゃったの？　え、仲よく飲んだりしちゃってさあ。隅におけないねえ」

彼女にいやな顔をされたことにも気づかずに、マサオは同僚ににじり寄った。

「何いってんの。新しい企画の打ち合わせ。今日、部長がいってたでしょうが」

「それは聞いたけど。それだったら、おれも呼んでくれたっていいじゃないの」

男性は苦笑いをして黙っている。女性はすぐにでも帰りたいという素振りを見せた。

「ねえ、おかみさん、ひどいよね、おれのことないがしろにしたんだよ」

マサオはおかみさんに甘えた。そういいながらもちろん目は胸元に釘付けである、おかみさんはにこやかに笑いながら、

「そういわないで温まっていって下さいよ」

と突き出しを出した。

「うれしいなあ。優しいのはおかみさんだけだよ。どうやってお返ししちゃおうかな。おれの体でいい？　ねえ、それでもいい？　まだまだ現役だからさあ、いい仕事するよ」

よだれを流さんばかりにして、いい寄った。おかみさんは笑って聞き流していたが、部下の女性は二人のやりとりを見て、唖然としていた。もちろんマサオはぜーんぜん気がつかない。一時間ほどして、二人はこそこそと話をしたかと思うと、

「じゃあ」

と席を立った。

「えーっ、帰っちゃうの？　ひどいじゃないの？　二人でホテルなんか行ったりしたら、もう怒っちゃうよ」

女性は、マサオがそういいながら、自分の体を舐めまわすように見ているのがわかって、足早に店を出ていった。

「仕事の打ち合わせなんだから」

男性はそういって、女性の後を追った。

「なんだよ。じゃあおれは、おかみさんと仲よくしようかなあ」

そういわれた彼女は、愛想笑いをしながら、他の客に出す料理を作るのに専念していた。

「ちぇっ、つまんねえの」

マサオはぶつぶついいながら、二時間ほどで店を出、駅に向かった。電車は空いていて、座席はほぼ埋まっていたが、立っている客はいなかった。

(あいつらどうしたのかなあ。本当に打ち合わせなのかなあ。不倫も意外な組み合わせがあったりするからなあ。もしかして今、二人はいい思いをしているのでは……。きーっ)

マサオは妄想で頭が爆発しそうになった。ふと目の前を見ると、若い女性が座っていて、その隣に初老の女性、その隣に若い男性が座っていた。女性たちも男性も、暖かい座席のせいで、熟睡しているようだった。若い女性は超ミニスカートを穿いている。

(うひょ)

じーっと彼女の膝上周辺を見ていると、電車の揺れにまかせて、両膝の間が開いてきた。

（うひょひょ）

思わず前のめりになった。そして彼女の両膝の間隔はだんだん広がっていき、中がのぞけるほどになったとたん、マサオはずずっと体をずらせて、寝たふりをしながら視線を女性のスカートの奥に合わせた。

（うひょひょひょーっ）

と思ったとたん、

「てめえ、何してんだよ！」

という声と共に、前に座っていた男性がマサオのネクタイをつかみ、ちょうど到着した駅のホームにひきずり出した。

寝ていた女性も、あわてて降りてきた。

「こいつ、お前のスカートの中をのぞいてたんだ」

「やだー、いやらしい」

二人はカップルだったらしい。

「いえ、そ、そんなことはしていませ……」

「うるさい。こうやって体をずらして、見てたじゃないか」

そういって男性はマサオの脚を蹴った。

「ああっ」

思わずマサオはしゃがみ込んだ。

「いい歳して、ふざけんじゃないよ」

騒ぎを聞きつけて、人々が集まってきた。

（だって、だって）

うずくまりながら、マサオは必死に心の中で弁解をした。

（人はなぜ山に登るかというと、そこに山があるからでありまして、そして、えーと……）

あれこれ考えているうちに駅員がやってきて、マサオは両腕を抱えられて、駅員室にひきずられていった。

この作品は二〇〇〇年六月小社より刊行されたものです。

おやじ丼《どんぶり》

群《むれ》ようこ

平成15年8月5日　初版発行
平成27年4月1日　3版発行

発行人——石原正康
編集人——永島賞二
発行所——株式会社幻冬舎
〒151-0051東京都渋谷区千駄ヶ谷4-9-7
電話　03(5411)6222(営業)
　　　03(5411)6211(編集)
　　振替00120-8-767643
印刷・製本—中央精版印刷株式会社
装丁者——高橋雅之

検印廃止

幻冬舎文庫

ISBN4-344-40415-7　C0193　　む-2-7

幻冬舎ホームページアドレス　http://www.gentosha.co.jp/
この本に関するご意見・ご感想をメールでお寄せいただく場合は、
comment@gentosha.co.jpまで。